Was Eltern brauchen

von Petra Baier

Was Eltern brauchen

Humorvolle und berührende Kurzgeschichten

von Petra Baier

Bibliografische Information der Deutschen Nationalbibliothek:
Die Deutsche Nationalbibliothek verzeichnet diese Publikation in
der Deutschen Nationalbibliografie; detaillierte bibliografische
Daten sind im Internet über dnb.d-nb.de abrufbar.

TWENTYSIX – Eine Marke der Books on Demand GmbH.

Covermotive: Petra Baier
Covergestaltung: Sabrina Müller

1. Auflage, 2022
© 2022 Petra Baier
Alle Rechte vorbehalten.

Herstellung und Verlag:
BoD - Books on Demand, Norderstedt.

ISBN: 978-3-740787-81-3

Inhaltsverzeichnis

Vorwort 7

Gelassenheit und Geduld

Babykram 12
Stahlseile 15
Die Erkältung 21
Der Schlüssel 26
Schul-Panik 33
Von Weihnachtsmäusen und Laternen 41

Regeln und Konsequenz

Emilia muss raus! 50
Der Schokoriegel 57
Auf Esstische klettert man nicht 64
Aufräumen, bitte! 71
Aufgaben 78

Zeit

Auto-Gespräch 86
Warum? 92

Und noch 'ne Geschichte	100
Da!	105
Stress um Tante Marlene	111

Kreativität

Der Zirkus kommt	118
Tischlein deck dich	124
Von Raumschiffen und Einhörnern	128
Alles neu macht das Kind	134
Ich brauche ein Schwert	141

Liebe

Für dich!	146
Ruhe!	153
Das Gutenachtlied	157
Die Flut	162
Ein ganz besonderer Tag	168

Vorwort

Als Erwachsene sind wir Vorbilder für unsere Kinder. Und doch könnten wir uns manchmal ein Vorbild an ihnen nehmen. Kinder sind unglaublich kreativ, sie freuen sich an vielen Dingen, gerade an den kleinen. Sie lassen Sorgen kaum an sich heran und sie sind begierig auf Neues. Dazu sind sie voller Energie. Mit einem Kind umzugehen, ist wunderbar – aber manchmal äußerst anstrengend. Folgende Dinge sollten Sie unbedingt besitzen, wenn Sie mit Kindern zu tun haben:

Gelassenheit und Geduld,
Regeln und Konsequenz,
Zeit,
Kreativität und
Liebe.

Gelassenheit ist wichtig, da Kinder immer wieder Dinge ausprobieren, vor allem die, die sie nicht tun dürfen. Und das zu den unmöglichsten Zeiten. Man könnte sich unermesslich aufregen. Aber denkt man darüber nach, sind diese Dinge meist gar nicht so schlimm oder haben sogar etwas Gutes. Bleiben wir also gelassen und geduldig!

Kinder sind oft haltlos in der weiten Welt, die sie noch nicht ganz durchschauen. Das gilt natürlich besonders für kleine Kinder, aber auch für Große, die danach streben, so erwachsen und erfahren zu sein wie wir. Unsere **Regeln** helfen Kindern, Sicherheit zu finden. Vor allem dann, wenn wir sie mit **Konsequenz** durchsetzen.

Zeit ist Geld und doch … Wer Zeit hat, kann seine eigenen Ideen verwirklichen, seinen Träumen nachhängen und Dinge ausprobieren. Daran wachsen Kinder, nicht an vollen Terminplanern.

Deshalb ist es unglaublich wichtig, Zeit für die Ideen der Kinder zu haben und ihnen so viel Zeit zu geben wie sie brauchen.

Kreativität erleichtert den Umgang mit Kindern, weil man neue Ideen und Impulse geben kann, um ihr Spiel und ihr Lernen zu beflügeln. Außerdem kommt man auf sehr gute Lösungen für Probleme.

Manchmal könnten wir das Kind regelrecht an die Wand klatschen und dennoch sind wir voll von **Liebe** für diesen Menschen. Wir lieben ihn mit jeder Faser unseres Körpers und unserer Seele und würden nie zulassen, dass ihm etwas Schlimmes passiert. Genau das sollten wir ihm immer wieder aufs Neue zeigen. Denn genauso lieben Kinder uns und tun vieles einfach nur, um uns zu erfreuen.

Die folgenden Episoden aus dem Alltag mit Kindern zeigen Ihnen auf humorvolle und berührende

Art, warum diese fünf Punkte so wichtig sind. Die verwendeten Namen sind natürlich erfunden.

Nicht alle Geschichten stammen aus dem turbulenten Leben meiner Großfamilie, aber viele könnten es ...

Also: Viel Spaß beim Lesen und Lachen wünscht Ihnen

Ihre Petra Baier

Gelassenheit und Geduld

*Sich an den einfachen Dingen des
Lebens zu erfreuen,
bedeutet, sein Leben zu genießen.*
Kaibara Ekiken

Babykram

Es war wieder einer dieser Tage. Sarah stand in der Küche und das schon eine ganze Weile. Aber jetzt endlich lag nur noch der Abwasch vor ihr. Da betrat ihr Großer die Szene.

„Mama?"

„Ja, was ist denn?"

„Mir ist langweilig."

„Lies doch ein Buch", schlug Sarah vor.

„Och nööö. Darf ich ans Handy?"

„Nein, Schatz Du weißt genau, dass du deine Handyzeit für heute aufgebraucht hast."

„Aber mir ist doch so langweilig."

„Nun, du könntest mir beim Abwaschen helfen."

„Bloß das nicht!", abwehrend hob ihr Großer die Hände. „Weißt du nicht etwas Besseres?"

Nur die Ruhe, sagte sich Sarah.

„Du könntest auch mit deinem kleinen Bruder spielen. Er baut im Wohnzimmer Türme mit seinen Bausteinen."

„Bäh, das ist doch Babykram."

Stille.

„Mama, mir ist langweilig."

Sarah schaute auf und atmete tief durch. Jetzt bloß nicht aufregen! Ruhig sagte sie:

„Also Ben, wenn du weder lesen noch helfen willst und auch nicht mit deinem Bruder spielen möchtest, dann weiß ich auch nicht weiter. Da musst du dir schon selbst etwas ausdenken."

Ben schlich aus der Küche.

Sarah hörte, dass Ben ins Wohnzimmer ging. Dann war alles ruhig. Sie spülte noch die großen Töpfe. Aber bevor sie sie abtrocknete, musste sie es doch wissen. Was war da im Wohnzimmer los? Leise ging sie zur Tür und sah hinein.

Da saß ihr Jüngster am Bücherregal. Er hatte sich einen von Papas Bildbänden über Alaska herausgenommen und blätterte ganz ernst und interessiert darin.

Und Ben, ihr Großer? Der saß nicht weit entfernt bei den Bausteinen und baute einen Turm nach dem anderen. Er war genauso interessiert und konzentriert wie sein jüngerer Bruder.

Was war da jetzt der Babykram?

Manchmal ist nichts recht. Wir würden gerne helfen, aber all unsere Vorschläge sind blöd. Das ist so, es lohnt also nicht, sich aufzuregen. Aus Langeweile entsteht Kreativität – auch wenn sie manchmal zu „Babykram" führt.

Stahlseile

Es ist ein herrlicher Tag. Genau richtig für einen Besuch auf dem Spielplatz. Erin hat noch nicht das Spielplatztörchen hinter ihnen geschlossen, da ist Tom schon bei der Rutsche. Sofort rennt er die Treppe hinauf und saust hinunter, um dann zu versuchen, die Rutsche von vorne hinaufzuklettern. Aber das klappt noch nicht so gut.

„Nun, soll er es probieren." Erin macht es sich auf einer Bank gemütlich, um die Sonne zu genießen.

Unweit von ihr sitzt eine andere Mutter. Erin lächelt ihr zu, doch ihr „Hallo!" wird gar nicht wahrgenommen. Zu sehr ist diese Mutter damit beschäftigt, ihren Kleinen zu beobachten.

„Stopp! Nicht da, das ist zu hoch. Geh dort hin!"

„Oje, Vorsicht!"

„Nein! Das machst du nicht! Das ist viel zu gefährlich!"

So geht es in einem fort.

„Oh Gott, wie peinlich", denkt Erin. „Zum Glück bin ich nicht so. Tom darf frei seine Welt entdecken."

Während Erin kurz ihre Nachrichten checkt, flitzt Tom an dem zunehmend verunsicherten Kind der anderen Mutter vorbei zu dem Wipptier, das aussieht wie eine Robbe, von dem Tom aber meint, es sei ein Drache. Als Erin die letzte Nachricht beantwortet hat und aufschaut, wippt er gerade im Stehen.

„Ach ja, das hat er letztes Mal auch gemacht." Sie packt ihr Smartphone weg und sieht Tom beim Wippen zu.

„Ja, sehr schön", hört sie neben sich. „Da kannst du spielen. Im Sand kann dir nichts passieren."

„Mann o Mann", denkt Erin. „Klar kann da nichts passieren. Da passiert ja auch nichts! Da ist nichts los."

Sie überlegt gerade, ob sie eine entsprechende Bemerkung machen sollte, da entdeckt Tom das große Klettergerüst. Er macht sich daran, die Leiter nach oben zu klettern.

„Vorsicht!", will Erin rufen, da erinnert sie sich an die andere Mutter. Nein, so will sie doch nicht sein. Also ist sie still und schaut Tom zu, der nun das Ende der Leiter erreicht hat. Aber statt wieder hinunter zu klettern, wie Erin gehofft hat, greift Tom nach der Stange neben der Leiter.

„Oh Gott, er will doch nicht da runterspringen?", schießt es Erin durch den Kopf. „Das sind bestimmt zwei Meter!"

Doch das hat Tom nicht vor, er hängt sich an die Stange und hangelt weiter. Erins Lächeln gefriert in ihrem Gesicht. Fast hätte sie aufgeschrien, als Toms rechte Hand abrutscht. Doch er kann sich halten.

Tom erreicht das Kletternetz.

„Alles gut, jetzt kommt er runter", seufzt Erin. Im Stillen natürlich, damit die andere Mutter sie nicht hört.

Weit gefehlt. Tom klettert auf den Holzbalken über dem Netz. Er krabbelt auf ihm entlang weiter zu dem Turm. Erin hält sich an der Bank fest. Als Tom einmal seinen Fuß in das Stahlseil des Netzes stellen muss, greift sie so stark zu, dass ihre Knöchel weiß hervortreten. Starr schaut sie zu Tom, immer noch das gefrorene Lächeln im Gesicht.

Als Erin sieht, dass Tom nicht etwa einfach in den Turm klettern will, sondern aufsteht, zittern ihre Arme. Ihre Beine verkrampfen und die Füße stemmen sich in den Boden. Erin kann gerade noch ein Aufstöhnen unterdrücken, als Tom zur nahen Hängebrücke springt. Sie ist von Kopf bis Fuß starr vor Anspannung, als Tom von außen auf die Hängebrücke klettert und in dem Turm mit der Tunnelrutsche verschwindet.

Auch als Tom freudestrahlend unten an der Rutsche ankommt, hält Erin immer noch die

Bank fest und drückt die Füße in den Boden. Große Schweißperlen stehen auf ihrer Stirn.

„Mama, ich will was trinken!", ruft Tom ihr entgegen.

„Ja", keucht sie. „Das ist eine gute Idee. Ich brauche jetzt auch einen Schluck."

Erin muss jeden Muskel einzeln lösen, so verkrampft ist sie. Eine gefühlte Ewigkeit später reicht sie Tom einen Wasserbecher und leert ihren eigenen in einem Zug. Das war definitiv die härteste Klettertour, die sie jemals gemacht hat! Wie gut, dass sie Nerven wie Stahlseile hat, sonst hätte sie das nicht durchgestanden.

Tom jedenfalls ist unendlich glücklich und stolz auf sich und auf das, was er geschafft hat. Und Erin auch!

Besondere Situationen brauchen besonders starke Nerven – Nerven wie Stahlseile eben. Darf ein Kind sich ausprobieren und lernt, was sein Körper kann, können wir entspannt bleiben. Eine

Warnung, die uns beruhigt, ist zwar okay, aber das muss es gewesen sein. Übertriebene Vorsicht verunsichert das Kind nur, und es hört auf, an das zu glauben, was es bereits kann, es verliert sein Selbstvertrauen.

Die Erkältung

„Papa, ich will heute nicht in den Kindergarten", verkündet Lisa am Morgen ihrem Vater.

„Lisa, mein Schatz, das geht nicht", antwortet dieser. „Heute ist ein Kindergartentag, also gehst du auch hin. Das wird bestimmt toll."

„Nein, Papa. Ich will lieber hier bleiben und mit dir spielen."

„Ja, das klingt schon gut, aber ich muss arbeiten. Spiel lieber mit deinen Freunden, die sind doch auch im Kindergarten."

Widerwillig lässt sich Lisa anziehen. Nur mit sanfter Gewalt ist sie ins Auto zu bringen. Als sie vor der Kita halten und Papa sie abschnallen will, lächelt Lisa ganz unschuldig.

„Papa", meint sie, „du hast meinen Kindergarten-Rucksack zu Hause vergessen."

Der Angesprochene erschrickt. Mist! Jetzt muss er sich erst recht beeilen, um pünktlich im Büro zu sein.

Wieder zu Hause angekommen, hetzt der Vater ins Haus. Mit hochrotem Kopf und dem Rucksack in der Hand kommt er heraus. Rein ins Auto und los, so der Plan. Doch Lisa versucht es erneut:

„Papa, ich möchte heute nicht in den Kindergarten. Ich will zu Hause bleiben", sagt sie bestimmt und löst den Anschnallgurt.

Mit einem Seufzen antwortet ihr Vater: „Lisa, du weißt, dass das nicht geht. Also los, fahren wir!" Und nachdem er den Sicherheitsgurt wieder geschlossen hat, fügt er hinzu: „Und lass den Gurt in Ruhe!"

Nun lässt sich Lisa in den Kindergarten bringen. Sie zieht ihre Schuhe und ihre Jacke aus und hängt alles an ihren Haken, während Papa ihren

Rucksack aufhängt. Dann winkt Lisa ihrem Vater zum Abschied sogar fröhlich zu.

„Puh, das wäre geschafft", denkt sich dieser und lenkt seine Gedanken zu dem heutigen Arbeitstag. Was liegt eigentlich alles an? Er verlässt den Kindergarten, setzt sich ins Auto und startet den Motor. Wie jeden Morgen geht es in die nahe Großstadt. Der Berufsverkehr ist heute nicht so schlimm und er kommt gut durch. Bis das Telefon klingelt.

„Peters", meldet er sich über die Freisprechanlage.

„Hier ist Hartmann, vom Kindergarten. Lisa geht es nicht gut. Sie hat Temperatur. Sie spielt nicht und will nur kuscheln. Es ist besser, Sie holen sie wieder ab."

Verwirrt sagt Herr Peters zu. Heute Morgen war doch noch alles in Ordnung, oder? Den ganzen Weg zurück macht er sich Sorgen. Hat er irgendetwas übersehen? Lisa wollte ja nicht in den Kindergarten. Vielleicht weil sie schon gespürt hat, dass sie krank ist? Und er Rabenvater hat sie doch hingebracht!

Als Herr Peters zum dritten Mal an diesem Morgen den Kindergarten erreicht und eintritt, ist da schon Lisa. Im Vorraum wartet sie auf ihn, auf dem Arm einer Erzieherin, elend und blass.

Oder?

War da nicht ein Funkeln in ihren Augen?

Nur halb hört er der Erzieherin zu, als diese von Verantwortung spricht. Von Erkältungen, die sich anschleichen und dann plötzlich doch stärker sind als gedacht.

Er nimmt Lisas Rucksack entgegen und fasst ihre Hand.

Lisa steht auf und folgt ihrem Vater nach draußen.

Kaum ist die Tür des Kindergartens hinter den beiden zugefallen, hüpft Lisa und lacht ihren Vater an, von Krankheit keine Spur mehr:

„Juhuu! Jetzt kann ich zu Hause mit dir spielen!"

Schon kleine Kinder sind oft gerissener als wir denken. Da hilft nur, ruhig zu bleiben und aus der Situation das Beste zu machen.

Der Schlüssel

Es war ein ruhiger Morgen. Markus gab auf seine Kinder acht, während Maren einkaufen ging. Da die kleinen und großen drei allerdings sehr gut zusammen spielten, konnte Markus sich endlich einmal um die ganzen organisatorischen Dinge kümmern, die er so lange vor sich hergeschoben hatte. Die Steuererklärung zum Beispiel.

Mitten in der Frage, ob er denn nun mittelbar oder unmittelbar zulagenberechtigt sei, wurde es laut im Haus.

„Nein! Ich will alleine aufs Klo!"

Das war eindeutig seine Große.

„Mit!"

Und das konnte nur Luca sein, der jüngere Zwilling.

„Auch mit!"

Ja, und das war Lars, der andere Zwilling.

„Nein! Und jetzt raus hier!"

Eine Tür knallte. Zwei Kinder fingen an, aus vollem Hals ein Schreikonzert zu geben. Vier Hände trommelten an eine Tür.

„Rein!", verlangten zwei Stimmen.

Das klang wie eine Türklinke, dann wieder ein Türenknallen.

Oh Gott, war da jetzt ein Finger dazwischen? Markus hörte sich schon einen Rettungswagen rufen, während er den oder die Finger seiner Jüngsten im Flur suchte.

Aber: Kein gesteigertes Kreischen deutete darauf hin, dass dies Wirklichkeit werden würde.

Markus seufzte innerlich vor Erleichterung und schob den Stuhl zurück. Die Steuererklärung konnte er wohl erst einmal vergessen.

Da hörte er ein Klicken.

Ah, gut. Jana hat den Schlüssel genommen und die Tür abgeschlossen.

„Ha-ha, ihr kommt hier nicht mehr rein!", frohlockte sie.

„Rein! Rein!", antwortete es von draußen.

Markus stand auf, ging zu den Zwillingen und versuchte, ruhig mit ihnen zu sprechen. Was nicht gelang. Die beiden hörten ihn wahrscheinlich nicht einmal. Also zog er sie von der Tür weg und bugsierte sie ins Wohnzimmer. Ein Ortswechsel hilft oft erstaunlich gut.

Und siehe da: Es war auch in diesem Fall so. Vor allem, da er anbot, mit den beiden zusammen eine schöne Bausteinburg zu bauen. Also wirklich keine Chance mehr auf die Steuererklärung. Na ja. Maren würde ja bald wieder da sein und übernehmen …

Markus baute und baute. Den Zwillingen machte es viel Spaß. Aber wo war Jana? Sollte sie nicht langsam von der Toilette wieder da sein?

„Jana?", rief er probeweise.

Keine Antwort. Dafür Klappern wie von einem Schlüssel, aber es folgte kein Klacken. Was war denn da los?

Markus stand auf und ging zum WC. Das Klappern wurde lauter. Und schluchzte da nicht jemand?

„Jana? Ist alles in Ordnung?", fragte er.

„Nein!", hörte er seine Große von drinnen. „Ich krieg die Tür nicht mehr auf!"

Okay. Jetzt bitte keine Panik!

„Jana, bitte. Lass den Schlüssel los und atme einmal tief durch. So. Und jetzt nimmst du den Schlüssel in die Hand und drehst ihn nach rechts. Nein, entschuldige, nach links."

„Das mach ich doch, aber es passiert nichts!"

„Dann dreh ihn doch mal in die andere Richtung!" Zuversichtlich stand Markus im Flur. Eigentlich konnte seine Große wunderbar mit dem Schlüssel umgehen. Aber wahrscheinlich nur, wenn sie nicht gerade aufgewühlt war.

Die Zwillinge kamen dazu.

„Baut!", verkündete Luca und zeigte stolz den Turm, den er mitgebracht hatte.

„Jaja, sehr schön", meinte Markus geistesabwesend.

Im Innern des Klos wurde das Schluchzen heftiger.

„Das geht auch nicht! Ich bin hier eingeschlossen!"

Markus wollte Jana gerne etwas Entspannendes sagen, während er in Gedanken schon die Axt aus dem Keller holte, doch es ging unter in dem nun einsetzenden Geschrei der Zwillinge:

„Jana weint!"

„Jana!!!!!!"

Drinnen weinte Jana, draußen die Zwillinge. Markus versuchte, gleichzeitig alle zu beruhigen. Er nahm Lars auf den Arm, um ihn zu trösten. Da schrie Luca lauter, weil er ebenfalls kuscheln wollte. Markus nahm also auch ihn hoch, dabei stürzte der Turm ein. Markus setzte beide Kinder wieder ab, das Geschrei wurde noch lauter.

Mitten in dem Chaos kam Maren zur Haustür herein.

„Mama!", schrien alle Kinder.

Nachdem Markus Maren kurz eingeweiht hatte, hockte sich Maren hin, baute den Turm auf und nahm die Zwillinge in die Arme.

„So, und jetzt retten wir Jana!", verkündete sie und siehe da, die Zwillinge warteten ruhig und gespannt darauf, was passieren würde.

„Jana, kannst du den Schüssel abziehen?", fragte Maren von außen.

„Ja", schluchzte Jana innen. Man hörte, wie ein Schlüssel aus dem Schloss gezogen wurde.

„Ist das Fenster noch gekippt?", fragte Maren weiter.

„Ja", schluchzte Jana wieder.

„Gut, dann stell dich auf das Klo und gib mir den Schlüssel raus", sagte Maren, stand auf und ging nach draußen, um den Schlüssel in Empfang zu nehmen. Wie gut, dass die Toilette im Erdgeschoss lag! Maren nahm also den Schlüssel und übergab ihn, wieder im Haus, an Markus. Dieser steckte ihn ins Schloss und wollte den Schlüssel drehen.

„Jana, die Tür ist schon offen!", stellte er fest und befreite seine überglückliche Tochter.

Es ist wirklich sehr wichtig, ruhig zu bleiben und auch mal um die Ecke zu denken, anstatt sich von Aufregung, sei sie von einem selbst oder von anderen, übermannen zu lassen.

Schul-Panik

Zum Glück ist heute Freitag! Morgen können alle ausschlafen. So dachte Isabell, als sie das Mittagessen zubereitete. Es sollte Spaghetti mit Bolognesesoße geben. Zugegeben, das war kein kulinarischer Höhenflug, aber es schmeckte. Gleich würde ihr Sohn Noah nach Hause kommen, dann könnten sie zusammen genießen. Ob er wohl heute etwas zu erzählen hätte, wie es in der Schule so gewesen war?

Zu Isabells Leidwesen war Noah der typische Mann und bediente jedes Vorurteil. Vor allem das der Schweigsamkeit. Er erzählte nur dann etwas von der Schule, wenn es ausnehmend gut oder ganz besonders schlecht gelaufen war. Alles dazwischen hüllte er in Schweigen. Ein einsilbiges „Gut" war stets seine Antwort auf ihre Fragen, wie es ihm ginge und wie es denn gewesen sei.

Aber vielleicht hatte sie ja heute Glück.

Es klingelte. Ah, das musste er sein. Okay, das Essen war bereit, auf den Tisch gestellt zu werden.

„Hallo, mein Schatz!", begrüßte sie ihn. „Na, wie war die Schule?" Hoffnungsvoll wartete sie. Aber leider antwortete Noah nur:

„Gut." Er stellte den Ranzen ab und ging zum bereits gedeckten Tisch.

Das Essen verlief recht einseitig. Isabell erzählte, was ihr so passiert war und was sie für den Nachmittag plante.. Sie wollte Tante Rosalie etwas vorbeibringen und auch noch eine Kleinigkeit für morgen einkaufen gehen. Noah aß und schwieg. Hin und wieder brummte er mal kurz. Na ja, er war halt wie sein Vater und wahrscheinlich sehr viele andere Männer …

Als Noah immer noch recht schweigsam seine Hausaufgaben machte, klingelte Isabells Handy. Es war Alex, die Mutter von André, der in Noahs

Klasse ging. Isabell wollte eigentlich dem „Hallo" nach dem Abnehmen noch etwas hinzufügen, aber dazu kam sie nicht, denn Alex fiel ihr sofort ins Wort:

„Ach herrje, es tut mir so leid, ich habe das eben erst erfahren. André hat es mir erst jetzt erzählt. Wie geht es denn Noah? Ist alles okay mit ihm?"

Isabells Gedanken rasten. Alles okay? Was war denn bloß passiert? Noah sah aus wie immer, er hatte noch alle seine Sachen, diese waren nicht beschädigt – wovon sprach sie?

Ohne Pause fuhr Alex fort: „Ich habe André gleich mal gehörig die Meinung gesagt. So etwas geht ja gar nicht, der arme Noah! André muss sich auf jeden Fall noch bei ihm entschuldigen. Das verlange ich! Und es tut mir wirklich unendlich leid, dass ich mich jetzt erst melde. Sicher hast du gedacht, was ist denn das für eine, die nicht anruft, aber ich hatte keine Ahnung, wirklich nicht. Es tut mir so leid."

Ein leises Schluchzen begleitete die letzte Aussage. Isabell fühlte sich völlig überrollt. Was war denn nur los? Sollte sie nachfragen? Alex schien ja alles zu wissen. Aber nein, lieber nicht. Wie stand sie denn dann da? Etwas so Schlimmes und sie hatte keine Ahnung. Das durfte nicht sein. Noah hatte ihr überhaupt nichts erzählt. Also konnte es eigentlich gar nicht so schlimm gewesen sein, egal von was Alex tatsächlich sprach, oder?

„Äh, was?", sie hatte Alex gar nicht mehr zugehört.

„Ob das für dich in Ordnung ist, dass André sich entschuldigt?"

„Ja", sagte Isabell etwas lahm, weil immer noch verwirrt. „Ja, natürlich. Es ist ja auch gar nicht so schlimm." Das hoffte sie zumindest. Aber Noah hatte wirklich nichts erzählt.

„Noah ist da nicht nachtragend", fügte sie noch hinzu.

„Oh, da bin ich aber erleichtert. Es wäre so schade, wenn die Jungs keine Freunde mehr wären. Sie haben doch immer so schön zusammen gespielt und sie sind ja auch in der gleichen Mannschaft. Das wird ganz sicher nicht mehr vorkommen. Und es tut mir wirklich leid, dass ich erst jetzt anrufe, ich habe es nicht gewusst."

„Ja, danke für deinen Anruf. Bis bald!", beendete eine immer noch verwirrte Isabell das Gespräch.

Nachdenklich ging sie zu Noah hinüber. Wie sollte sie anfangen? Am besten direkt, beschloss sie.

„Noah?"

Er schaute von seinen Hausaufgaben auf.

„Alex, die Mutter von André, hat gerade angerufen. Sie sagte, da sei etwas zwischen André und dir vorgefallen. Warum hast du mir das nicht erzählt?"

Was würde er sagen? War er vielleicht sogar erpresst worden?

Noah schaute ehrlich verwirrt zu seiner Mutter hoch.

„Mama, von was redest du denn da?"

„Äh, ich weiß nicht so genau", gestand Isabell. „Andrés Mutter hat gerade angerufen. Sie war völlig aus dem Häuschen, wie leid es ihr tue, was André gemacht hat." Isabell atmete durch. Sie musste es einfach sagen:

„Also, wenn André dich erpresst oder mobbt oder ...", weiter kam sie nicht, denn Noah begann zu lachen.

„Was, Mama? Doch nicht André, der ist doch in meiner Mannschaft!"

Gott sei Dank! Isabell war erleichtert. So schlimm war es also nicht. Den Schulpsychologen würden sie nicht brauchen.

„Aber Noah, was war denn dann los?", wollte sie wissen. „Wovon hat Alex gesprochen?"

„Hmm ..." Noah schien wirklich angestrengt nachzudenken. „Ach so. Vielleicht am Dienstag, als wir Sport hatten." Er schwieg.

„Ja?", hakte Isabell nach, „was war denn da?"

Oh nein, vielleicht ein Vorfall in der Umkleide? Ein sexueller Hintergrund womöglich? Die rasenden Gedanken waren wieder da.

„Ach", berichtete Noah. „Da sollten wir uns in unseren Gruppen aufstellen. Ich war der Erste an der Linie. Da hat André mich am T-Shirt gepackt und weggezogen, weil er der Erste sein wollte. Dafür musste er dann 10 Minuten auf die Bank und durfte erst mal nicht mitmachen."

Noah wendete sich wieder seinen Hausaufgaben zu.

Das war es.

Keine von Isabells Befürchtungen war zutreffend. Es war eine kleine Rangelei gewesen, die der Lehrer sogar schon geahndet hatte. Warum sich Alex so aufgeregt hat? Keine Ahnung, aber Noah schien wirklich kein anderer Vorfall einzufallen. Und eingeschüchtert oder verändert wirkte er auch nicht.

Also konnte sie ebenfalls wieder an ihre Aufgaben gehen.

Kopfschüttelnd machte sie sich daran, den Tisch ab- und die Spülmaschine einzuräumen.

Alles hat mehrere Seiten. Es ist wichtig, uns nicht zu sehr vereinnahmen zu lassen. Weder von den Beschützergefühlen für unser Kind noch von anderen Gefühlen. Wichtig sollte uns vor allem sein, wie es unserem Kind geht. An ihm können wir unser Handeln ausrichten. Wissen wir etwas nicht genau, sollten wir auf jeden Fall erst einmal in Ruhe nachfragen und über Vorfälle sprechen, sodass keine Missverständnisse aufkommen und nichts aufgebauscht wird, was es nicht wert ist.

Kann unser Kind seine Angelegenheiten selbst regeln, müssen wir dies respektieren, ihm vertrauen und uns nicht einmischen. Aber natürlich sollten wir unsere Hilfe anbieten.

Von Weihnachtsmäusen und Laternen

Beim Mittagessen. Lara sitzt auf ihrem Hochstuhl und lässt die Beine baumeln. Während sie auf ihrer Pizza kaut, kommt ihr ein Gedanke.

„Du, Mama", beginnt sie. „Habe ich heute Geburtstag?"

„Nein, Schätzchen", lächelt Mama. „Heute hat Opa Geburtstag. Sobald du aufgegessen hast, fahren wir dorthin. Du hast erst nächstes Jahr wieder Geburtstag. Davor feiern wir aber noch den Laternenumzug, es kommen der Nikolaus und das Christkind und dann ist auch noch Fasching. Erst danach bist du dran."

„So lange dauert es noch?!", Lara ist entsetzt.

„Ja, Lara. So lange wird es noch dauern, bis dein Geburtstag wieder kommt."

„Und Opa hat heute Geburtstag?"

„Ja. Iss auf, dann geht es los."

Lara aß auf und sie fuhren zu Opa – wie verabredet. Bei Opa war mächtig viel los. Lara konnte mit ganz vielen Menschen sprechen. Zuerst erzählte sie noch, dass ihr Geburtstag ganz lange hin sei. Doch je länger die Feier dauerte, desto mehr Wochen waren wohl vergangen, denn im Laufe des Nachmittags sprach sie davon, dass morgen Weihnachten wäre. Und beim Abschied erzählte sie Oma, dass morgen schon ihr Geburtstag sei. Es musste so sein, denn es war ja ganz viel Zeit vergangen. Draußen wurde es sogar dunkel!

Beim Zähneputzen fragte Lara:
„Du, Mama, wer kommt denn morgen?"
„Wie bitte?" Mama war verwirrt. „Wieso? Wer sollte denn kommen?"
„Na, weil ich doch morgen Geburtstag habe."
Mama seufzte. Natürlich war ihr die Entwicklung bei der Geburtstagsfeier nicht verborgen geblieben.

„Lara, mein Schätzchen, du hast morgen noch nicht Geburtstag. Heute war doch erst Opas Geburtstag. Du musst noch warten. Der Laternenumzug ist noch vorher dran. Und Weihnachten auch. Aber da bekommst du auch Geschenke."

Lara schwieg und begann, gedankenverloren auf ihrer Zahnbürste zu kauen.

Später, als Mama ihr einen Gutenachtkuss geben wollte, fragte Lara:

„Du, Mama?"

„Ja?"

„Du, morgen ist Weihnachten, stimmt's?"

„Schlaf schön, meine Liebe. Ich glaube, für heute ist es genug!", war Mamas Antwort.

Lara schlief tief und fest, als ihre Eltern ebenfalls ins Bett gingen. Die Uhr auf dem Nachttisch zeigte Mitternacht an, da rief Lara laut:

„Mama! Mama!"

Selbstverständlich war ihre Mutter sofort wach und gleich darauf auf dem Weg zu Laras Kinderzimmer nebenan.

„Was ist denn, Lara?", fragte sie.

„Mama, ist morgen Weihnachten?", wollte Lara wissen. Es schien ihr wirklich wichtig zu sein, so als ob die Antwort über Leben und Tod entscheiden könnte.

„Lara", stöhnte ihre Mutter. „Morgen ist nicht Weihnachten. Das dauert noch. Und nun leg dich bitte wieder hin und schlaf weiter. Ich möchte auch schlafen."

„Okay. Gute Nacht, Mama", antwortete Lara, legte sich hin und machte die Augen tatsächlich wieder zu.

Kopfschüttelnd stapfte die Mutter zurück in ihr Bett. Ihr fiel es wesentlich schwerer, erneut einzuschlafen, aber schließlich klappte es.

Als die Uhr auf dem Nachttisch 3:28 Uhr anzeigte, rief Lara erneut lautstark:

„Mama! Mama!"

Natürlich stand die Mutter wieder auf und ging zu ihr.

„Was ist denn, Lara?"

„Mama, ich muss jetzt eine Laterne basteln."

„Was? Wieso musst du jetzt eine Laterne basteln? Es ist mitten in der Nacht!", antwortete ihre Mutter entsetzt.

„Mama, wenn morgen nicht Weihnachten ist, dann ist Laternenumzug. Da brauche ich doch eine Laterne!", bekräftigte Lara.

Klar, war ja auch vollkommen logisch, fand Mama.

„Lara", setzte sie seufzend erneut an. „Lara, schau, es ist noch dunkel. Es ist mitten in der Nacht. Wenn wieder die Sonne scheint, morgen früh, dann basteln wir zusammen eine Laterne, ja?"

„Gut", lenkte Lara ein.

„Okay. Schlaf schön."

Puh, das war ja noch einmal gut gegangen. Ob Lara morgen früh überhaupt noch an die Laterne denken würde?

Es war 3:52 Uhr, als Lara rief:

„Mama! Mama! Ist schon morgen früh?"

Bereits um 4:10 Uhr musste die Mutter ihrer Tochter erneut erklären, dass es immer noch zu früh sei, um eine Laterne zu basteln.

Um 4:28 Uhr sang die Mutter Lara noch einmal das Gutenachtlied, denn es sei immer noch nicht an der Zeit für eine Laterne.

Um 4:35 Uhr beschloss die Mutter, sich neben Lara ins Bett zu legen. So wäre das Mädchen vielleicht ruhig, denn es würde sofort von seiner Mutter erfahren, wenn es Zeit für die Laterne wäre.

Aber die Kleine blieb sehr unruhig und es war immer noch nicht Zeit zum Basteln.

Um 5:48 Uhr gab Mama endlich auf.

„Okay, wir basteln dir jetzt eine Laterne."

„Juhuu!" So schnell war Lara selten aus dem Bett und an der Bastelkiste im Wohnbereich.

Noch in den Schlafanzügen und bei elektrischem Licht bastelten die beiden. Es machte wirklich Spaß und es kam eine wundervolle

Laterne dabei heraus. Papa staunte nicht schlecht, als er ins Zimmer kam, um wie jeden Morgen den Frühstückstisch zu decken.

Und nun?

Lara war absolut wach und fit. Für sie ging es nach dem Frühstück in den Kindergarten. Sie legte sich auch nicht zum Mittagsschlaf hin, sondern spielte mit ihrer neuen Laterne. Nur am Abend war sie etwas zeitiger müde als sonst.

Papa war ebenfalls vollkommen okay, denn er hatte ja nicht aufstehen müssen.

Und Mama? Mama ging es am Morgen auch noch gut. Aber sie nahm sich fest vor, heute bei der Arbeit viele kleine Pausen zu machen und danach einen Mittagsschlaf einzulegen. Im Zweifel müsste Lara dann mal eben an den Fernseher, damit sie wirklich Ruhe hätte. Aber nach so einer Nacht war diese Ausnahme sicher in Ordnung. Der eigentlich für heute geplante Ausflug wurde auf unbestimmte Zeit verschoben. Es kamen ganz sicher auch wieder bessere Nächte ...

Es gibt sie immer, die schwierigen Gespräche, bei denen man nur geduldig bleiben kann. Und es gibt auch immer die Dinge, die das Kind wachhalten oder bis in seine Träume verfolgen. Lassen wir uns davon nicht unterkriegen und schalten einen Gang zurück. Machen wir das Beste daraus, denn alles hat eine positive Seite!

Regeln und Konsequenz

*Ein Leben ohne Normen ist wie eine Straße ohne Markierung.
Man ist schneller im Abseits, als man denkt.*
Peter Amendt

Emilia muss raus!

„So, das wäre geschafft", seufzte Ida. Sie und ihr Mann hatten den ganzen gestrigen Tag und den heutigen Morgen damit zugebracht, für ihre Jüngste ein eigenes Zimmer herzurichten. So konnten die Mädels endlich einmal Privatsphäre genießen. Bisher waren sie ja zusammen in einem Zimmer gewesen. Das war nun Jasmins Reich. Und Emilia, die Jüngere der beiden, hatte also jetzt hier ihr eigenes Zimmer. Endlich!

Besonders in der letzten Zeit hatten sich die Mädchen oft gestritten. Jasmin hatte Freundinnen da gehabt und Emilia hatte mitspielen wollen. Ein einziger, erbitterter Kampf, denn man konnte Emilia ja schlecht aus ihrem eigenen Zimmer herauswerfen … Was Ida trotzdem einmal versucht hatte. Aber das war keine gute Idee gewesen. Genauso wenig funktioniert hatte der Plan, dass Emilia von ihrer Zimmerseite aus dabei sein durfte. Ein einziges Geschrei. Jede Regel war unwillkommen gewesen.

Aber jetzt freute sich Ida auf die ruhigen Zeiten, die nun vor ihr lagen. Die brauchte sie auch nach diesem Marathon an Möbel kaufen, aufbauen, räumen und einrichten.

Und in der Tat: Während Ida und ihr Mann sich mit einem Tee auf der Couch ausruhten, spielten Emilia und Jasmin wunderbar – jede in ihrem eigenen Zimmer. Perfekt!

Doch schon am nächsten Tag wurde der Frieden jäh gestört.

„Nein, Emilia, du musst raus. Das ist jetzt mein Zimmer!", tönte die Stimme der größeren Schwester durch die Wohnung.

„Will aber mitspielen!"

„Nein!"

Ida kam dazu.

„Emilia, Jasmin hat recht. Das ist jetzt Jasmins Zimmer. Sie entscheidet. Du darfst ja auch entscheiden, wer zu dir ins Zimmer darf", versuchte sie zu vermitteln.

„Mag aber mitspielen!", antwortete die Kleine.

„Ja, das verstehe ich. Aber trotzdem gilt die Regel und an die müssen wir uns halten."

Emilia zog schmollend ab in ihr Zimmer.

Na ja, dachte Ida. Das lief doch gar nicht so schlecht.

Am nächsten Tag ging es richtig rund.

Lena, Jasmins Freundin, war zu Besuch. Zuerst ging alles gut. Ida hatte natürlich Emilia schon auf den Besuch vorbereitet und mit ihr etwas Tolles gespielt. Doch dann hatte ihre Schwiegermutter mit einem größeren Problem angerufen und Ida war beschäftigt. Emilia allerdings nicht mehr lange. Sie ging zu Jasmin. Die wollte aber natürlich nicht mit ihrer kleinen Schwester, sondern mit ihrer Freundin spielen.

Die Tür knallte zu.

„Lass mich rein!", rief Emilia vom Flur vor der Tür.

„Nein, du bleibst draußen!", schrie Jasmin von drinnen.

Mit dem Smartphone am Ohr kam Ida dazu.

„Emilia, mein Schatz, bitte geh in dein Zimmer. Du hast ein eigenes und Jasmin möchte mit Lena alleine spielen."

Emilia schmollte, ging aber von der Tür weg.

Gut, seufzte Ida und wandte sich wieder ihrer Schwiegermutter zu.

Kaum 5 Minuten hielt der Frieden, dann hörte Ida wieder deutliche Stimmen und danach erneut Jasmin:

„Nein!"

Die Tür knallte.

Dann hämmerte es an der Tür, an der Klinke wurde gerissen.

„Will rein! Will rein! Will rein", skandierte Emilia.

So ein Mist, ausgerechnet jetzt. Also schnappte sich Ida Emilia und zog sie mit sich. Nicht die feine, englische Art, aber gerade nötig. Ida schob Emilia in ihr Zimmer. Klar, dass diese nun dort von innen an die Tür hämmerte.

Glücklicherweise nicht lange. Dann war es still. Ida seufzte erleichtert und ging samt Schwiegermutter am Telefon ins Wohnzimmer zurück. Hoffentlich hatte sie das bald hinter sich!

Oh nein! Da schlug schon wieder eine Tür und das Schreien setzte erneut ein.

Also schön, Ida bemühte sich, die Schwiegermutter auf später zu vertrösten, wenn die Mädels schlafen würden. Das war gar nicht so leicht. Und plötzlich war es still.

Uff, Emilia ist doch in ihr Zimmer gegangen. Gut!

Endlich war das Telefonat vorbei und das Problem geklärt. Ida beschloss, nach den Mädchen zu sehen. Aber in Jasmins Zimmer war niemand.

Verwundert ging sie in die Küche. Ebenfalls Fehlanzeige. Schließlich ging sie zu Emilia. Da saßen alle drei und spielten selig mit Emilias Puppen.

Wer hätte das gedacht?

Schmunzelnd ging Ida ins Wohnzimmer zurück. Es geht also doch!

Am Abend beim Essen sprach Ida das Thema Zimmer noch einmal an. Sie lobte die Mädchen, dass sie so schön zusammen gespielt hatten. Und sie erklärte erneut ausführlich, wie wichtig Privatsphäre ist und dass jeder über sein eigenes Zimmer bestimmen dürfe.

Beide Mädchen hörten zu. Nach dem Sermon schauten die Schwestern mit großen Augen zu ihrer Mama.

„Ja, Mama. Du, Mama, dürfen wir heute beide in Emilias Zimmer schlafen?"

Klare Regeln zu haben und diese einzuhalten, ist sehr wichtig. So wissen alle, woran sie sind. Aber Ausnahmen zu machen, besonders dann, wenn alle damit einverstanden sind, ist ebenfalls gut.

Und ist es nicht schön, Geschwister zu haben? Man kann sich herrlich streiten, aber auch wunderbar zusammen spielen und rund um die Uhr die Zeit genießen...

Der Schokoriegel

Das war die schlimmste Nachricht der Woche. Robert musste morgen unerwartet arbeiten. Aber das war am Samstag. Der Tag, an dem Ute immer fürs Wochenende einkaufen ging. Sie allein. Ohne Hannes, ihren Sohn. Und nun das. Roberts Chef hatte vielleicht Nerven. Wusste er nicht, wie Kinder sein können, wenn es ums Einkaufen geht? Was hatten ihr ihre Freundinnen nicht schon alles erzählt!

Zum Beispiel Anna. Ihre Kleine hatte sich einmal mitten im Supermarkt auf den Boden geworfen, mit den Armen gezappelt, gestrampelt und geschrien. Und warum? Weltuntergang? Nein, Anna hatte ihr keinen zweiten Schokoriegel kaufen wollen.

Oder Melanie. Sie konnte grundsätzlich nur den Supermarkt verlassen, wenn sie ihren drei Kleinen je ein Magazin kaufte. Das ging ganz schön ins Geld. Und besonders toll waren diese Dinger auch nicht, fand Ute.

Und erst Lisa. Ihr Kleiner räumte alles, was ihm gut erschien, in den Einkaufswagen. Und wehe, Lisa wollte etwas herausholen. Das gab ein Schreikonzert, dass alle Leute sich umguckten und Lisa vor Scham schnell alle Waren an die Kasse brachte, um sie zu bezahlen.

Okay, Emma schien den Dreh raus zu haben. Sie hatte erzählt, dass sie keine Schwierigkeiten mit ihren beiden habe, seit sie eine Abmachung getroffen hatten. Einmal im Monat durften sie sich beim Einkaufen eine Zeitung oder einen Riegel aussuchen. Aber nur, wenn sie keinen Stress machten.

Ute hatte sich das jedenfalls nicht antun wollen. Sie ging immer alleine einkaufen und Robert passte so lange auf Hannes auf. Aber das klappte nicht. Heute war sie dran. Robert war weg. Der Kleine konnte nicht alleine zu Hause bleiben. Und sie musste einkaufen. Mit ihm. Wenn sie nur daran dachte, bekam sie ganz schweißnasse Hände.

Wie sollte sie es anstellen? Wenn sie ihn in den Wagen setzen würde, dann kam er an nichts heran und konnte sich auch nicht auf den Boden werfen. Aber dafür war er schon ein bisschen zu groß. Sie würde ihn sicher nicht gut in diesen engen Kindersitz hinein bekommen.

Und wenn sie ihn in den Wagen direkt setzen würde? Ja. Nein, da könnte sie weniger einkaufen und er könnte dazu noch die Sachen zertrampeln. Also doch Emmas Lösung? Ein Versuch war es wert … Aber eigentlich mochte sie weder Schokoriegel noch Magazine für ihren Hannes. Also auch nicht gut.

Und wenn sie mit Hannes reden würde?

„Hannes", begann sie das Gespräch. Oh Mann, ihre Hände waren schon wieder schweißnass. Wie sollte das werden?

„Hannes, du, wir müssen einkaufen gehen." So, das war doch schon mal gut.

„Toll, Mama!", rief auch prompt ihr Kleiner.

„Aber Hannes, wir kaufen nur, was auf der Einkaufsliste steht. Nicht mehr, hörst du? Nur das, was auf dieser Liste steht, kaufen wir ein."

Sie zeigte die Liste. Ihre Hand zitterte etwas.

„Okay, Mama", sagte ihr Kleiner ganz verständig.

Okay, also.

„Gut, dann ziehen wir jetzt unsere Schuhe an und gehen los", bestimmte Ute.

Und das taten sie.

Sie erreichten den Laden. Mit schon wieder zitternden Fingern schob Ute eine Münze in den Wagen und löste die Kette. Schweißige Hände schoben den Wagen an.

„Mama?"

Oh Gott, wir sind doch noch nicht mal drin, was kann er denn wollen?, schoss es ihr durch den Kopf.

„Mama, darf ich in den Wagen?", wollte Hannes wissen.

Was sollte sie sagen? Hektisch sah sie sich um. Wie viele Leute waren hier? Wie viele Menschen würden gleich sehen, wie sich ihr Hannes auf den Boden warf?

„Nein, Schatz, dafür bist du schon zu groß. Wir kriegen das so hin", hauchte sie fast.

Und Hannes? Er fasste den Wagen an der Seite und zog ihn und seine Mutter in den Laden.

Gott sei Dank!

Während des Einkaufens wurde Ute fast schon beschwingt. Hannes räumte keine Regale aus. Er wollte nichts haben. Ja, er fragte sogar ab und an, was denn auf der Einkaufsliste stünde und ob er dieses oder jenes aus dem Regal holen dürfe.

Super!

Doch dann kam die Kasse in Sicht. Oje! Das Zeug dort hieß ja nicht umsonst Quengelware. Und da waren sie auch schon, die Schokoriegel.

Sofort wurden Utes Hände schweißnass. Fast waren sie da. Und alle Kassen waren voll. Alle würden Hannes schreien sehen. Sollte sie gleich in Ohnmacht fallen? Nein, nicht gut. Sollte sie etwas sagen? Vielleicht. Aber vielleicht würde Hannes dadurch auch erst auf die Schokoriegel aufmerksam werden.

Zu spät! Er hatte sie gesehen. Er hatte sogar schon einen in der Hand. Ute schnappte nach Luft. Es schien nicht mehr genug davon im Raum zu geben.

Die ältere Frau vor ihnen in der Schlange schaute etwas besorgt in Utes Richtung.

„Hannes", brachte sie gepresst heraus.

Hannes drehte sich zu seiner Mutter um. Er lächelte.

„Ja, Mama, ich weiß. Wir kaufen nur das, was auf der Liste steht, Hast du doch gesagt." Und er legte den Schokoriegel zurück ins Regal.

Regeln geben Sicherheit und wer auf diese vertrauen kann, der weiß ganz genau, was Sache ist.

Da brauchen Eltern keine Angst vor ihren Kindern zu haben. Selbst wenn diese ausprobieren, was sie bekommen können. Es genügen der ruhige Verweis auf die Regel und die Konsequenz, diese durchzusetzen.

Auf Esstische klettert man nicht

Susi war ein kleiner Engel. Sie sah genauso aus mit ihren blonden Löckchen, den blauen Augen und den langen Wimpern. Aber manchmal verhielt sie sich gar nicht so. Zum Beispiel dann, wenn Susi wieder Dinge ausprobierte, die sie nicht sollte.

Wie neulich. Susi hatte gerade herausgefunden, wie man klettert. Sie kletterte auf den Hocker im Bad, auf ihren kleinen Kinderstuhl und sie versuchte, auch die Couch hochzukommen. Sie war wirklich ausdauernd und trainierte sehr ausgiebig. Sie war eben einfach toll.

Doch dann musste Anne mal aufs Klo. Natürlich ließ sie Susi im Zimmer, alle Türen waren ja offen und sie hatte ihr gesagt, wo sie hingehen würde.

Als sie wiederkam, war Susi nicht mehr bei der Couch.

„Susi!", rief Anne. Sie schaute sich um. Dabei streifte ihr Blick den Esstisch. Da saß Susi. Mitten darauf.

Oh Gott, schoss es Anne durch den Kopf. Wenn sie da runterfällt!

„Nein, Susi!", rief sie und hob Susi rasch vom Tisch herunter.

So, das wäre geklärt, dachte Anne. Sie war ja auch sehr energisch aufgetreten. Allerdings musste sie Susi noch dreimal davon abhalten, auf einen Stuhl und dann auf den Esstisch weiter zu klettern. Immer schön ernst. Gut hatte Anne das gemacht. Susi würde sich diese Regel bestimmt merken.

Am Abend klingelte es. Anne ging zur Tür. Es war Raffael, ihr Lebensgefährte und Vater von Susi, der seinen Schlüssel vergessen hatte. Und einen nassen Regenschirm hatte er dabei, denn draußen goss es wie aus Kübeln. Anne ließ Raffael herein und nahm ihm den Schirm ab. Der kam gleich mal in die Waschküche zum Trocknen.

Anne kam gerade wieder die Treppe herauf, da hörte sie Raffael lachen.

„Ja, was machst du denn da? Gut gemacht!", rief er.

Was hatte Susi getan? Denn nur sie konnte Raffael gemeint haben. Niemand anders war im Haus. Anne betrat schnell den Wohnbereich, um das neue Kunststück auch zu sehen. Da saß Susi auf dem Esstisch und Raffael stand davor.

„Schau nur, was Susi Tolles kann!", rief er freudestrahlend.

Anne atmete tief durch.

„Nein, Schatz, ich finde nicht, dass das etwas Tolles ist. Es ist gefährlich."

Sie ging zu Susi, hob sie mit einem ernsten „Nein!" vom Tisch herunter und setzte sie auf dem Boden ab.

„Ach komm schon, das war super! Schau nur, wie sie geklettert ist!"

Und bevor Anne widersprechen konnte, stellte Raffael Susi genau vor einen Stuhl.

„Los, zeig es Mama noch mal!"

Susi ließ sich nicht lange bitten. Schnell war sie wieder oben und strahlte, als Raffael sie laut lobte und lachte. Da konnte auch Anne nicht mehr ernst bleiben und sie lachte mit den beiden mit.

Am nächsten Tag, Anne musste etwas Papierkram erledigen, erkundete Susi wieder die Wohnung. Schließlich bekam sie Durst. Aber sie konnte natürlich nicht an ihren Becher heran und Anne war zu beschäftigt, um ihr zu helfen. Was lag da näher, als ihre neuen Fähigkeiten einzusetzen?

Anne schaute auf. Es war so ruhig. Was machte Susi eigentlich? Als Anne sich dem Wohnzimmer nährte, hörte sie ein Kinderlachen und ein Patschen. Es klang, als würde Wasser spritzen.

„Wasser?" Anne war alarmiert. Sie lief schneller.

Und da saß Susi, mitten auf dem Tisch. Sie patschte glücklich in einer Wasserpfütze herum. Natürlich waren ihr Becher und Annes Glas, das dort noch gestanden hatte, leer.

„Susi!", rief Anne streng.

Susi schaute erschrocken zu ihrer Mutter.

Mit einem ernsten „Nein!" nahm Anne Susi auf den Arm.

„Oje, du bist ganz nass. Wir müssen dich erst einmal umziehen. Was hast du nur auf dem Tisch gewollt?"

Da dämmerte es Anne:

„Oh, hattest du etwa Durst? Und ich war nicht da, um dir etwas zu geben?"

So ein Mist! Hatte sie vor lauter Arbeit tatsächlich ihr Kind vergessen? Anne bekam ein schlechtes Gewissen.

Als Raffael nach Hause kam, diesmal mit seinem Schlüssel, war Anne in der Küche dabei, das Abendessen vorzubereiten. Und Susi? Die hatte ihre Spieltöpfe Töpfe sein lassen und saß auf dem

Esstisch. In der Hand hielt sie eine Blume aus der Vase, die anderen lagen schon auf dem Tisch verstreut.

„Hallo, Schatz!", rief Raffael und betrat den Wohnbereich. Anne kam von der Küche dazu. Beide sahen Susi, die ihrer Mutter die Blume entgegen streckte. Da mussten die Erwachsenen lachen. Anne nahm die Blume, hob Susi vom Tisch und umarmte sie.

„Vielen Dank, meine Kleine! Aber ehrlich: Auf Esstische klettern wir nicht. Das musst du lernen. Ab morgen ..."

Regeln zu finden, ist manchmal gar nicht so einfach. Die Erwachsenen müssen sich absprechen und einen gemeinsamen Nenner finden. Was soll verboten sein und was nicht? Übrigens: Dass jedes Haus unterschiedliche Regeln hat, können Kinder sehr gut begreifen. So gilt bei Oma das eine, bei der Tagesmutter oder in der Kindertagesstätte etwas anderes und zu Hause ist es wieder anders. Regeln durchzusetzen ist fast noch schwerer, als sie aufzustellen, aber damit Kinder Sicherheit bekommen, müssen Regeln immer gelten. Schon heute. Mit kleinen Ausnahmen ab und an ...

Aufräumen, bitte!

Samstagmorgen in einer kleinen Wohnung in Deutschland.

„So, Kinder, ich sauge jetzt. Sind eure Zimmer soweit?", rief Eva in Richtung der Kinderzimmer.

„Äh, wie, du saugst?", kam auch gleich postwendend die Antwort.

„Ja, das habe ich euch gestern schon angekündigt und heute beim Frühstück noch einmal und außerdem mache ich das jeden Samstag morgen.. Und heute genau jetzt!"

„Moment, Mama. Wir sind gleich soweit."

Eilige Schritte und hektisches Scheppern ließen darauf schließen, dass gerade sehr viel Spielzeug in die Regale und Schränke katapultiert wurde.

Seufzend nahm Eva den Staubsauger und begann mit ihrer Arbeit.

Natürlich waren die Kinderzimmer nicht wirklich aufgeräumt. Aber auf dem Boden lag tatsächlich nicht mehr so viel herum. Na gut.

Und wieder Samstagmorgen in derselben Wohnung in Deutschland.

„So, Kinder, ich sauge jetzt. Sind eure Zimmer soweit?"

„Ja ja. Du, Mama, dürfen wir auf den Spielplatz gehen?"

„Ja, klar, wenn eure Zimmer aufgeräumt sind, ist das kein Problem."

„Das sind sie doch schon längst. Tschüss!"

Okay. Aufgeräumt ist nicht gleich aufgeräumt. Wie sahen denn die Zimmer der beiden aus? Papierschnipsel auf dem Boden, Bausteine überall und da, war das nicht sogar eine Unterhose unter dem Bett?

Na schön, heute würde Eva aufräumen. Aber das durfte nicht zur Gewohnheit werden.

Der nächste Samstagmorgen.

„So, Kinder, ich sauge jetzt. Sind eure Zimmer soweit?"

„Weißt du, Mama, wir könnten doch heute mal saugen, oder? Bitte?"

Eva war klar, warum die beiden das vorschlugen. Wahrscheinlich sah es in den Zimmern mal wieder zum Fürchten aus. Aber gut, sie hatte heute wirklich keine Lust aufzuräumen.

„Ja, geht klar.", stimmte sie daher zu.

Trotzdem schaute Eva nachher noch einmal in die Zimmer. Wo hatten die beiden denn da überhaupt saugen können? Wahrscheinlich hatten sie den Sauger in die Luft gehalten.

Und wieder Samstagmorgen.

„So, Kinder, ich sauge jetzt. Sind eure Zimmer soweit?"

„Können wir heute nicht wieder saugen? Dann hast du viel weniger zu tun ..."

„Kinder, wenn ich glauben würde, dass das etwas nutzen würde, dann ja. Aber so wie letzte Woche will ich das nicht haben" stellte Eva fest.

„Mist! Äh, könntest du dann vielleicht erst woanders saugen?", fragten die beiden hoffnungsvoll.

„Okay, aber ihr haltet euch ran."

Eilige Schritte und Scheppern deuteten darauf hin, dass zwei Kinder sehr schnell ihr Spielzeug aus der Bahn des Staubsaugers brachten. Aber wollte Eva das so? Das taugte doch nichts. Ihr musste etwas einfallen.

Ein neuer Samstagmorgen in einer Wohnung in Deutschland.

„So, Kinder, ich sauge jetzt. Sind eure Zimmer soweit?"

„Ja, wir denken schon ..."

„Nein, sind sie nicht. Ihr habt einfach alles in die Schränke gestopft. Los, wir räumen zusammen auf. Jedes Ding kommt wieder auf seinen Platz und der Müll in den Mülleiner, Ich sauge danach."

Drei Stunden und ein Mittagessen später konnte Eva mit dem Saugen beginnen. Hoffentlich hielt diese Ordnung jetzt mal eine Woche.

Samstagmorgen. Dieselbe Wohnung, dasselbe Ziel.
„So, Kinder, ich sauge jetzt. Sind eure Zimmer soweit?"
„Äh, ja, natürlich!"
Nein, natürlich nicht. Es war nicht so schlimm wie neulich, das stimmte, aber sonst war die Ordnung definitiv gefährdet. Das gemeinsame Aufräumen hatte also auch nicht lange gehalten. Na ja. Sie wollten heute einen Ausflug machen, da musste es vielleicht nicht so gründlich sein. Also saugte Eva um die Spielzeuge herum.

Und wieder Samstag in der nun gut bekannten Wohnung in Deutschland.
„So, Kinder, ich sauge jetzt. Sind eure Zimmer soweit?"
„Ja, ja, fertig!"

Wie konnte es nur sein, dass ihre Kinder, ihr eigen Fleisch und Blut, wie man so schön sagte, so eine unterschiedliche Auffassung von Ordnung haben konnten als sie? Eva wusste es nicht, aber es war so. Also gut: Ein neuer Plan musste her.

„Kinder, das ist nicht die Ordnung, wie ich sie mir wünsche. Ich werde jetzt alles, was auf dem Boden liegt und wofür ihr offensichtlich keinen Platz habt, wegnehmen. Ihr könnt es dann bei mir auslösen, wenn ihr es braucht", verkündete sie.

„Was?! Wie auslösen?", fragten ihre Kinder nervös.

„Nun, ich sammle die nicht aufgeräumten Sachen ein und ihr müsst etwas tun, wenn ihr sie wiederhaben wollt. Klar?"

„Okay", murrten die beiden.

Ein neuer Samstagmorgen in einer kleinen Wohnung in Deutschland.

„So, Kinder, ich sauge jetzt. Sind eure Zimmer soweit?"

„Ja, Mama!"

Nun, zumindest fast, fand Eva. 100%ig klappte es immer noch nicht, aber damit konnte sie leben. Vor allem, wenn ihre beiden ihr für die Unordnung etwas Gutes taten. Letzten Sonntag hatten sie zum Beispiel das Frühstück gemacht. Mit Ei und Kaffee. Sie wollten nämlich ihre Actionfiguren wiederhaben, die sie leider vergessen hatten, aufzuräumen. Bei solchen Aussichten saugte Eva doch gleich noch einmal so gern ...

Aufräumen fällt vielen Kindern schwer, egal in welchem Alter sie sind. Da braucht es gute Ideen und Hilfen, um die Regel so durchzusetzen, dass es keinen Familienkrieg gibt, sondern alle zufrieden sind.

Aufgaben

Sollten Kinder Aufgaben im Haushalt übernehmen?, überlegt Lucy. Wie war es bei ihr selbst gewesen? Sie hatte fast alles erledigen müssen, da ihre alleinerziehende Mutter so viel arbeiten musste. Aber ihre Kinder haben ja das Glück, eine Mutter zu haben, die nur in Teilzeit arbeitet. Sie hätte also auch Zeit für den Haushalt – leider aber dann weniger Zeit für ihren Yogakurs und die Telefonate mit ihren Freundinnen.

Daniel, ihr Mann, musste früher quasi nichts machen. Dafür waren seine Schwestern und die Mutter da. Aber das geht ja heute nicht mehr. Auch ein junger Mann soll alleine zurechtkommen, findet Lucy. Daniel ist ganz ihrer Meinung.

Also ist es beschlossene Sache: Ihre drei Kinder müssen etwas beisteuern. Klar, neben der Schule, den Hobbys und ihren Freunden ist nicht ganz so viel Zeit. Aber eine regelmäßige Aufgabe pro Kind wird ja wohl möglich sein.

Nur welche? Sollten die Eltern etwas vorgeben? Oder sollten sich die Kinder das nicht lieber selbst aussuchen? Ja, das ist viel besser. Wer eine Entscheidung mitträgt, der hält sich auch eher daran. Also haben die Eltern nachher weniger Ärger. Super!

Dann mal los!

Der Familienrat wird einberufen. Alle sitzen um den großen Esstisch herum und Lucy stellt das Anliegen vor.

„Gute Idee!", ruft Linda, die Jüngste, sofort. „Ich möchte bügeln."

Mark, ihr ältester Bruder, meint: „Na ja, ich könnte den Müll rausbringen. Aber ich glaube, wir haben viel mehr Müll als Bügelwäsche."

„Außerdem ist der Müll schon mein Gebiet!", meldet sich Daniel, der beste Ehemann von allen, zu Wort.

„Kann ich nicht einfach mein Zimmer sauberhalten und meine Wäsche regelmäßig in den Wäschekorb bringen?", will Ingo, der Mittlere der drei Geschwister, wissen.

„Äh", meint Lucy. „Das solltest du sowieso machen, Ingo. Das ist keine Aufgabe, wie Papa und ich sie meinen."

„Ach so ...", Ingo denkt nach.

„Wie wäre es, wenn du einmal die Woche den Gehsteig vor dem Haus fegst und das Unkraut dort herausziehst?", schlägt Daniel vor.

„Das mag ich machen!", ruft Linda begeistert.

„Und wer bügelt dann?", will Daniel wissen.

„Ich!", ruft Mark. „Das kann ich!", bekräftigt er, als er den Blick seines Vaters sieht.

„Okay", stimmt Lucy zu. „Dann bügelt Mark und Linda kümmert sich um den Gehsteig. Bleibt noch Ingo."

Der zuckt mit den Schultern.

„Wie wäre es, wenn Ingo einmal die Woche das kleine Bad putzt?", meint Daniel.

„Ja!", rufen alle. Nur Ingo nicht. Er ist unzufrieden.

„Nee, das mag ich nicht."

„Aber was denn sonst? Du könntest mir auch regelmäßig die Wäschekörbe aus dem Bad in die Waschküche tragen und umgekehrt", schlägt Lucy vor.

„Muss das sein?"

„Na, Junge, irgendetwas musst du auch machen", meint Daniel leicht verärgert.

„Wieso?"

„Weil du zusammen mit uns in einem ordentlichen Haus leben willst, vielleicht?", lächelt Lucy Ingo an.

„Also gut, dann eben die Wäschekörbe", stimmt er resigniert zu.

So ist es beschlossen. Super! War doch gar nicht so schwer, denkt Lucy.

In der nächsten Woche klappt alles reibungslos. Der Gehsteig wird gleich dreimal gefegt, die Wäschekörbe finden prompt ihren Weg nach unten und die Bügelwäsche hat keine Chance, durch langes Liegen Falten zu bekommen.

In der zweiten Woche ist es etwas schwieriger. Der Gehsteig ist kein Problem. Aber die Wäsche schon. Während sich Ingo nach einer Ermahnung auf den Weg macht, ruft Mark nur:

„Komme gleich!"

Nur ward er danach nicht mehr gesehen. Und die Wäsche liegt noch an Ort und Stelle.

Lucy findet Mark am Computer in seinem Zimmer.

„Mark, du hast Bügeldienst, schon vergessen?", ermahnt sie ihn.

„Nein, natürlich nicht. Ist es denn schon soweit?"

„Ja, das habe ich dir doch gesagt", Lucy ist leicht genervt.

„Okay, ich mache das Level nur noch fertig, dann bin ich da", verspricht er.

Eine Stunde später liegt die Wäsche immer noch.

„Mark? Ingo, wo ist denn Mark?"

„Oh, der ist in der Garage. Er wollte sein Rad reparieren, glaube ich", antwortet der Angesprochene.

Wütend tritt Lucy ans Fenster.

„MARK!", brüllt sie.

„Ja, Mama?"

„Hast du nicht etwas vergessen?"

„Vergessen? Nein. Was denn?", ruft es aus der Garage.

„Das Bügeln!"

„Was? Jetzt schon?"

„JA!! GENAU JETZT!!", nun ist Lucy richtig sauer.

„Hey, alles cool, Mama. Das kannst du mir doch auch leiser sagen. Ich mach mich sauber und dann mach ich es, wenn's dir so wichtig ist."

Sprach's und tut es auch.

Lucy ist sprachlos. Die vorherigen Ermahnungen hat Mark einfach vergessen. Es stimmt wohl doch, das mit dem Gehirn im Umbau in der Pubertät …

Nun ja. Jetzt weiß sie ja, worauf sie achten muss – nämlich darauf, dass alles auch erledigt wird. Das ist manchmal etwas anstrengender als die Arbeit selbst, aber ihre drei nehmen ihre Aufgaben doch ernst. Sie sind ja schon groß.

Manchmal ist die Regel einfach vergessen – sogar oder gerade bei älteren Kindern. Und vieles hängt mit den eigenen Interessen zusammen. Das sollten wir immer bedenken und ruhig an Regeln und Aufgaben erinnern. Immer wieder und wieder. Kinder wollen uns nicht ärgern. Sie sind eben noch (große) Kinder ...

Zeit

Wenn du es eilig hast, mache einen Umweg.
Aus China

Auto-Gespräch

So sieht der Nachmittag aus: Melanie von der Tagesmutter abholen, mit ihr einkaufen gehen, Essen machen und dann ab ins Bett mit der Kleinen – samt Gutenachtgeschichte und -lied natürlich.

Das dachte sich Uta, als sie in die Straße einbog, in der die Tagesmutter ihrer Kleinen wohnte.

Die Kinder waren alle draußen im Garten.

„Mama!", rief Melanie und rannte auf sie zu. Noch ein wenig unbeholfen, aber jeden Tag flotter.

„Melanie!", Uta umarmte ihre Kleine, hob sie hoch und gab ihr einen Kuss.

„War alles in Ordnung?", wollte sie von der Tagesmutter wissen.

„Ja, sicher. Wir waren heute im Feld spazieren und Melanie ist sehr gut mitgelaufen", erzählte die Tagesmutter. „Auf der Autobrücke habe ich zum ersten Mal das Wort Auto von ihr gehört. Sie hat es so oft gesagt, ich glaube, es ist ihr neues Lieblingswort."

„Schön", war Utas Antwort.

Als sie mit Melanie zu ihrem Auto ging, probierte diese gleich ihr neues Wort aus.

„Auto", sagte sie und strahlte ihre Mutter an.

„Ja, Schatz", sagte Uta und dachte weiter nach: Was müssen wir noch einmal alles einkaufen? Ach, ich hätte mir eine Notiz speichern sollen.

Uta hob Melanie in ihren Autositz und schnallte sie an.

„Aauto!", verkündete Melanie und sah ihre Mutter erwartungsvoll an. Die aber griff nach ihrem Smartphone, das gerade vibriert hatte.

„Oh, Papa möchte, dass wir ihm noch Kaugummis mitbringen."

Sprach's, stieg ein und fuhr los.

Als sie auf den Parkplatz des Supermarkts einbogen, war sich Uta wieder sicher, was sie alles kaufen mussten – wenigstens zu 95%. Kaum saß Melanie im Einkaufswagen, verkündete sie wieder mit strahlenden Augen:

„Auto!"

„Nein, Schatz, das ist ein Einkaufswagen", antwortete Uta abwesend, während sie überlegte, was sie von den Sachen zuerst auf ihrem Weg durch den Markt finden würden.

An der Kasse startete Melanie einen neuen Versuch:

„Aauto!"

Leider war Uta aber voll damit beschäftigt, die Einkäufe auf das Förderband zu legen und noch nach den Kaugummis für ihren Mann zu angeln.

Der Weg nach Hause, das Einräumen und das Essenmachen verliefen recht schweigsam. Melanie hatte wohl keine Lust mehr, etwas zu sagen, und auch Uta beschäftigte sich mit ihren eigenen Gedanken.

Schließlich saßen alle drei beim Abendbrot. Melanie sah zu ihrem Papa und dann zu ihrer Mama.

„Auto!", verkündete sie.

„Oh, kannst du ein neues Wort?", wollte Paul, ihr Papa, wissen.

„Auto!", wiederholte Melanie stolz.

„Ja", sagte Uta. „Das hat mir ihre Tagesmutter heute beim Abholen erzählt. Es sei wohl ihr neues Lieblingswort."

„Auto!", wiederholte Melanie.

„Das kann sie sehr gut sagen", meinte Paul.

Da fiel Uta etwas ein.

„Sag mal, Melanie, ihr wart doch heute auf der Autobrücke, oder?"

„Auto", antwortete Melanie.

„Ja, da waren bestimmt viele Autos unterwegs", meinte Uta.

„Und ihr wart mit dem Auto einkaufen, stimmt's?", wollte Paul wissen.

„Auto!" Melanie strahlte über beide Ohren. An diesem Abend konnte sie sehr gut einschlafen.

Beim Frühstück am nächsten Tag begann Melanie gleich wieder ein Gespräch:

„Auto!"

Leider war Uta am Frühstückstisch mit ihrem Smartphone beschäftigt und Paul war bereits unterwegs zur Arbeit.

Da legte Melanie Uta ihre kleine Hand auf den Arm.

„Auto!", verkündete sie ernst, als ihre Mutter zu ihr schaute. Eigentlich hatte Uta schimpfen wollen, weil Melanie sie mit ihren vom Frühstück klebrigen Fingern anfasste. Aber hatte sie nicht recht? Sie saßen beide am Frühstückstisch, da konnten sie sich doch auch unterhalten, oder? So schön wie gestern Abend.

„Auto!", wiederholte Melanie bestimmt. Und Uta stieg in das Auto-Gespräch ein. Sie erzählte von dem Ausflug auf die Autobrücke und von der Fahrt zum Einkaufen. Außerdem müssten sie ja beide gleich los – mit dem Auto – um zur Tagesmutter zu kommen.

„Aauto!", steuerte Melanie von Zeit zu Zeit bei und war sichtlich stolz und glücklich, dass sie mit ihrer Mama ein so tolles Gespräch führen konnte. Es sollte nicht das letzte Auto-Gespräch gewesen sein ...

Es ist schön, auf andere einzugehen, selbst wenn sie nicht mehr als ein Wort sagen können. Es zeigt unsere Wertschätzung für die kleinen Großen, die sie auf diese Weise intensiv genießen können.

Warum?

Ein kleines Wort und doch brachte es David in letzter Zeit häufig an den Rand der Verzweiflung. Wie das? Nun, sein Sohn Milan hatte dieses Wort entdeckt und benutzte es immer und immer wieder. Und David musste feststellen, dass es sehr fordernd war, seinem Sohn alle seine Fragen zu beantworten. David wäre kein Kopfmensch gewesen, hätte er die Warum-Fragen seines Sohnes nicht geordnet. So gab es für ihn vier Kategorien:

Kategorie 1 – Einfache Bandwurmfragen
Kategorie 2 – Überraschende Fragen
Kategorie 3 – Fragen, auf die man selbst die Antwort nicht kennt.
Kategorie 4 – Fragen, die man nicht hören will, weil es um Regeln oder um peinliche Dinge geht.

Die Fragen der Kategorie 1 waren okay. Ja, zugegeben, es konnte nerven, immer von einem zum nächsten zu kommen, aber es war auch irgendwie schön zu sehen, dass Milan sich mit solchen Dingen so detailliert beschäftigte. Zum Beispiel neulich beim Kochen. Da fragte Milan:

„Papa, warum schneidest du die Zwiebel?"

„Milan, damit die Stücke klein sind", antwortete David.

„Warum?"

„Damit überall in der Soße Zwiebeln sind und nicht nur an einer Stelle."

„Warum?"

„Nun, weil so jeder ein bisschen hat. Mama mag Zwiebeln ja nicht so sehr."

„Warum?"

„Sie mag den Geschmack nicht."

„Warum?"

„Na, weil.... Magst du eigentlich viele Zwiebeln?"

„Nö, Papa."

„Na, dann ist es ja gut, dass ich sie klein schneide!"

So war es okay. Man kam damit zurecht.

Die Fragen der Kategorie 2 waren da schon kniffliger. So wie am Dienstag. Da hatten sie ein Gesellschaftsspiel gespielt. Alle drei, also Milan, David und seine Frau Mia, Milans Mutter, hatten sich amüsiert und gescherzt. Und plötzlich fragte Milan:

„Papa, wird Oma bald sterben?"

Wie passte das denn nun ins Bild? Aber gut, man will ja sein Kind nicht ohne Antwort lassen.

„Nein, Milan, das glaube ich nicht."

„Warum?"

„Weil Oma zwar alt ist, aber nicht so alt."

„Warum?"

„Es gibt Menschen, die viel älter sind als Oma. Außerdem ist sie noch gesund."

„Warum?"

„Weil es ihr eigentlich gut geht. Sie kann noch Fahrrad fahren und weiß alles. So, aber jetzt lass uns weiterspielen, ja?"

Milan war einverstanden und der Nachmittag gerettet.

Die Fragen der Kategorie 3 waren einerseits doof, weil man gegenüber dem Kind zugeben musste, dass man selbst manche Dinge nicht wusste. Andererseits waren sie sehr gut geeignet, um Neues zu lernen. Und das konnte ja nie schaden. Gerade heute Morgen zum Beispiel hatte David etwas Neues gelernt.

„Papa, woher kommt der Sand?", wollte Milan wissen.

Eine berechtigte Frage. Kinder spielten ja dauernd im Sand. Aber David ahnte schon, dass die Antwort, er käme aus dem Baumarkt, nicht genügen würde.

„Wir haben den Sand für den Sandkasten im Baumarkt gekauft.", versuchte David es dennoch.

„Und woher hat ihn der Baumarkt?", fragte Milan natürlich weiter.

„Von einem Großhändler ..."

„Und der?"

„Äh, aus der Wüste?", vermutete David.

„Warum?", wollte Milan prompt wissen.

War ja klar. Also antwortete David:

„Ich weiß es nicht. Lass uns doch mal im Internet nachsehen."

Und das taten sie auch. Sie erfuhren von Wüstensand (der eigentlich nicht brauchbar ist), von Sand aus Flüssen (der dagegen sehr gut geeignet ist) und noch einiges mehr.

Besonders wenig mochte David die Fragen der Kategorie 4. Klar, denn die störten ja den geregelten Lauf der Dinge. Zum Beispiel wollte er neulich mit Milan nur eine U-Untersuchung beim Kinderarzt machen lassen. Aber sie mussten warten. Im Wartezimmer saßen natürlich noch andere Patienten samt ihren Begleitern und wie es sein musste, auch eine Dame mit einem etwas verkniffenen Gesichtsausdruck und rot gefärbten Haaren. Was fragte Milan sofort?

„Papa, ist das eine Hexe?"

David wäre gerne im Erdboden versunken, aber gerade war wohl nichts frei, denn er saß noch immer im Wartezimmer. Also flüsterte er so leise er konnte:

„Psst. Nein, das ist sie bestimmt nicht."

„Warum?", wollte Milan lautstark wissen, ohne auf die Befindlichkeiten seines Vaters zu achten.

„Weil es Hexen nicht gibt", antwortete David wieder so leise wie möglich.

„Warum?"

„Ist jetzt egal, wir besprechen das später."

„Warum?"

„Ruhe!"

„Warum?"

„Ru-he habe ich gesagt."

Zum Glück hatte Milan ein Einsehen. Aber später zu Hause musste die Sache mit der Hexe noch sehr ausführlich erörtert werden.

Schwerer war es da schon neulich, als es Bettzeit war und Milan diese Regel nicht wahrhaben wollte.

„Warum?", wollte er mit einem herausfordernden Blitzen in den Augen wissen.

„Weil es jetzt 20 Uhr ist und du schlafen sollst", antwortete David ruhig und bestimmt.

„Warum?"

„Es ist spät, du bist müde und morgen sollst du ausgeschlafen sein."

„Warum?"

„Weil du morgen wieder in den Kindergarten gehen sollst."

„Warum?"

„Weil Mama und ich arbeiten werden."

„Warum?"

„Weil wir beide Geld verdienen müssen."

„Warum?"

„Weil man nichts umsonst bekommt, sondern Geld dafür bezahlen muss."

„Warum?"

Moment, schoss es David durch den Kopf. Diskutieren wir hier über die freie Marktwirtschaft oder über das Zubettgehen? Und überhaupt, warum diskutieren wir eine feste Regel?

David holte tief Luft und sprach ein Machtwort:

„Ab ins Bett, junger Mann."

Und dabei blieb es dann - zum Glück!

Zeit, die wir mit Kindern verbringen und ihre Fragen beantworten, ist nie verschwendet. Aber manchmal ist es sehr fordernd und verlangt viel von uns. Trotzdem dürfen wir nie vergessen, dass zum Beispiel Regeln nun mal Regeln sind und es unsere Aufgabe ist, sie durchzusetzen.

Und noch 'ne Geschichte

Endlich Sonnenschein! Die ganze Woche hatte es nur geregnet, aber nun, genau richtig zum Wochenende, war an diesem Freitagnachmittag, die Sonne hervorgekommen. Jetzt rasch hinaus in den wunderbaren Herbsttag! Schnell zog Lola ihre Schuhe und die Jacke an. Das Baby war schon eingekleidet, es fehlte nur noch Agnes.

„Agnes, komm! Du musst deine Schuhe anziehen."

„Ja, Mama!"

Folgsam griff Agnes nach ihrem rechten Schuh. Da fiel ihr etwas ein und sie sagte, den Schuh in der Hand haltend:

„Weißt du, Mama, heute im Kindergarten hat Ellen eine Kiste herausgeholt. Mit ihren Lieblingssachen darin. Da gab es auch ein Einhorn."

„Das ist schön, mein Schatz. Der Schuh! Du musst ihn anziehen."

Agnes zog den rechten Schuh an den linken Fuß.

„Mama, das Einhorn hat sogar geglitzert!"

„Ja, Schatz. Das ist die falsche Seite. Komm, ich helfe dir." Lola wollte nach dem Schuh greifen, aber schnell zog Agnes ihn weg.

„Mama", sagte sie vorwurfsvoll. „Das kann ich doch alleine!"

„Na schön, aber dann tu es. Du kannst mir das alles auch draußen erzählen."

„Ja, Mama", sagte die Kleine und begann den Schuhtausch. Doch bevor sie den Klettverschluss zumachen konnte, fiel ihr wieder etwas ein.

„Mama, weißt du, dass Ellen ein Pony hat? Ein echtes!"

„Nein, Schatz, das wusste ich nicht. Würdest du jetzt bitte den Schuh zumachen?"

„Klar, Mama." Agnes tat es, nahm den zweiten Schuh zur Hand und zog ihn an den Fuß.

„Du, Mama, hast du auch so eine Kiste mit deinen Lieblingssachen?"

Lola seufzte und öffnete ihre Jacke und den Overall des Babys wieder. Das würde wohl länger dauern.

„Nein, mein Schatz. So etwas habe ich nicht."

„Du, wenn du so etwas hättest, was würdest du denn reintun?", wollte Agnes wissen. Der Spaziergang war für sie ob dieser wichtigen Frage vergessen.

„Hmm", überlegte Lola „Das ist gar nicht so einfach. Am liebsten würde ich dich und das Baby reintun."

„Mama, das geht doch nicht!"

„Nein, aber ich könnte ein Buch mitnehmen …"

Nach 15 Minuten war klar, was Lola mitnehmen würde und auch, welche Kiste Agnes haben könnte, um ihre Lieblingssachen hineinzutun – zumindest Bilder von ihnen. Denn die eigentlichen Sachen waren zu groß und zu zahlreich für jede Kiste. Sie passten gerade so in Agnes' Zimmer.

Als das geklärt war, war auch das Jacke Anziehen kein Problem mehr.

Also dann! Endlich raus an die frische Luft in die Herbstsonne!

„Komm, ich trage dich mit runter", bot Lola an, damit es schneller ginge. Aber:

„Mama, nein, das geht nicht. Ich bin doch schon groß!", meinte Agnes.

„Klar. Natürlich", Lola resignierte.

Also ging es Schritt für Schritt, bis Agnes noch etwas einfiel. Sie blieb stehen.

„Du Mama, ein Pony ist total süß. Auf ihm kann man reiten und es füttern. Hast du schon mal ein Pony gestreichelt?"

„Agnes, Liebes, bitte. An der Treppe darfst du nicht stehenbleiben. Das ist zu gefährlich. Los, wir gehen runter und dann erzählst du es mir draußen."

Agnes lief weiter. Schritt für Schritt. Aber der eigentlich geplante Spaziergang fiel doch sehr viel kürzer aus, als Lola sich das gewünscht hatte. Agnes hatte einfach zu viele Ideen und Geschichten, die man unmöglich im Laufen erzählen konnte.

Vielen Kindern fallen zu für uns unpassenden Zeiten Geschichten und wichtige Fragen ein. Daher sollten wir immer ausreichend Zeit einplanen, sodass wir nicht hetzen müssen, sondern zuhören können. Unser Kind erzählt uns das, was ihm wichtig ist. Das sollte es uns wert sein.

Da!

„Da!"

Betty strahlte über ihr ganzes Gesicht. Endlich! Torben hatte etwas gesagt und es auch so gemeint! Sie war so stolz auf ihren Kleinen. Während alle anderen Kinder in der Spielgruppe schon lange sprachen, war aus Torben bisher nichts herauszulocken gewesen. Bis jetzt!

„Da!", wiederholte ihr Sohn und sah sie erwartungsvoll an.

Natürlich wollte sie seine Sprachkompetenz fördern, also antwortete sie umgehend.

„Das ist ein Bild, mein Schatz. Ein Bild."

„Da!", rief Torben wieder und zeigte aufgeregt.

Und natürlich antwortete Betty:

„Das ist eine Lampe. Lam-pe."

„Da!", wollte Torben wissen.

„Das ist dein Stuhl. Dein Stuhl."

Na, das lief doch wunderbar. Bald würde ihr kleiner Torben den anderen in der Spielgruppe einiges zu erzählen haben.

„Da!"

Was schon wieder? Also gut:

„Das ist eine Schranktür. Tür. Die mache ich jetzt auf und hole meine Jacke. Wir wollen ja rausgehen."

Ohne weitere Unterbrechungen konnte Betty sich und Torben anziehen und in den Buggy setzen. Glücklich mit den Beinen baumelnd saß er im Wagen.

Also los zum Spaziergang!

Kaum waren sie auf der Straße, ging es wieder los.

„Da!", rief Torben.

Verstohlen schaute Betty sich um. War hier jemand? Nein, zum Glück war niemand in der Nähe. Also antwortete sie:

„Das ist ein Auto, Torben. Auto. Wie das aus dem Bilderbuch."

„Da!"

Wieder schaute Betty sich um. Aber sie waren immer noch alleine. Also konnte sie weiter Selbstgespräche führen.

„Das ist ein Vogel. Vogel. Tschiep-tschiep!"

„Da!"

Oje, da kam ihnen ein Mann entgegen. Mit einem leicht eingefrorenen Lächeln wartete Betty, bis der Mann vorbei war, dann erst sagte sie:

„Das war eine Katze, mein kleiner Schatz."

Doch der kleine Schatz hatte schon längst die Katze vergessen.

„Da! Da!", rief er stattdessen und zeigte auf eine Werbetafel.

„Oh ja, das ist eine Zigarette. Nichts für Kinder. Schau lieber dort, da ist ein Klettergerüst im Garten."

Höflich schaute Torben, bevor er wieder rief:

„Da!"

„Das ist ...", begann Betty, als ihr bewusst wurde, dass das Ziel von Torbens Aufmerksamkeit eine alte Dame war, die am Fenster stand. Genau bei ihnen.

„... eine alte Dame", beendete Betty den Satz etwas lahm. Sie errötete und wartete auf die Schelte oder doch mindestens auf das verärgerte Gesicht der betreffenden Dame, während sie schneller vorbeiging. Doch diese lächelte.

„Eine sehr alte Dame sogar, junger Mann. Einen schönen Tag wünsche ich Ihnen beiden."

Überrascht hob Betty den Kopf.

„Dudak!", rief Torben der Dame zu und Betty ergänzte ein „Ihnen auch einen schönen Tag."

So peinlich war es also wohl doch nicht ...

„Da!", rief Torben erneut.

„Das ist die Ampel", antwortete Betty. So langsam fand sie Gefallen an der Sache.

„Da!"

„Das ist eine Blume. Eine Mohnblume. Aus ihren Knospen kann man lustige Männchen machen. Aber das zeige ich dir später, wenn du älter bist."

„Oh, die hat meine Mama auch immer mit mir gemacht", meldete sich ein Mann von etwa 40 Jahren zu Wort. Offenbar war er schon eine ganze Weile hinter Betty hergegangen. Er hatte alles angehört. Oh wie peinlich!

„Da!"

Torben zeigte auf ein Feuerwehrauto. Betty war schon wieder rot vor Scham und sagte gar nichts. Auch als Torben seine Aufforderung wiederholte, blieb sie stumm.

„Das ist ein Feuerwehrauto", antwortete stattdessen der Mann. „Feuerwehr. Ein sehr schweres Wort. Gut, dass deine Mama so viel mit dir spricht, dann wirst du auch solche Wörter rasch lernen." Und zu Betty gewandt fügte er hinzu: „Einen schönen Tag noch."

Während der Mann über die Straße ging, blieb Betty verdattert stehen. Der Mann hatte recht. Ein Kind kann nur sprechen lernen, wenn man mit ihm spricht. Warum sollte diese äußerst pädagogische Tätigkeit peinlich sein? In Zukunft würde sie nicht mehr schauen, wer wo liefe. Sie würde einfach die Zeit ausgiebig nutzen, um ein gutes Gespräch mit ihrem Sohn zu führen. So wie jetzt.

„Da!", rief Torben auch schon wieder, als wollte er ihr zustimmen.

Ein gutes Gespräch sollte einem nie peinlich sein. Erst recht nicht, wenn es eines mit einem Kind ist.

Stress um Tante Marlene

So ein blöder Tag! Ausgerechnet heute waren sie bei Tante Marlene eingeladen. Allesamt, die ganze Familie. Und Tante Marlene war doch so pingelig. Man konnte ihr fast nie etwas recht machen. Immer wusste sie es besser. Aber: Tante Marlene war Familie. Und Familie hat man nun mal, man kann sie sich nicht aussuchen. Also hatte Anne freudig zugestimmt, hinzugehen.

Was sie das alles gekostet hatte!

Sie hatte das schon von langer Hand geplante Meeting heute vorverlegen müssen. Was für ein Stress! Um ein Haar hätte sie es nicht geschafft, überhaupt pünktlich aus dem Büro herauszukommen. Ihr Chef hatte auch schon merkwürdig geschaut. Sie würde die verpassten Stunden auf jeden Fall nachholen müssen. Denn halbe Urlaubstage gab es bei ihnen nicht und einen ganzen hatte sie ja wegen des Meetings nicht nehmen können.

Olaf, ihr Mann, würde ebenfalls nicht frühzeitig zu Hause sein können. Toll! Er wäre bestimmt noch übellauniger als sonst nach der Arbeit und duschen würde er auch nicht mehr können. Das würde Tante Marlene bestimmt nicht verborgenbleiben und natürlich würde sie auch sofort eine Bemerkung dazu machen. Mit Sicherheit.

Und dann war da ja noch Christine. Christine, die heute ihren langen Schultag hatte. Die in der Mensa bestimmt nichts gegessen hatte, weil es da freitags immer Fisch gab und sie den nicht mochte. Christine, die wahrscheinlich noch ihre Hausaufgaben machen musste, weil sie sie in der Schule nie machen wollte. Und die sie morgen nicht machen konnte, weil sie bei einem Cheerleader-Workshop angemeldet war. Christine, die heute nicht ins Cheerleader-Training gehen konnte wegen der Feier bei Tante Marlene und die deswegen schon seit zwei Tagen nur das Notwendigste mit ihrer Mutter sprach.

Da war Olaf endlich. Missmutig wie erwartet.

„Schatz, schön, dass du da bist. Komm, zieh dich um. Wir müssen gleich los", sagte Anne betont fröhlich.

„Hmhm", war seine Antwort.

„Schatz, sieh es doch einmal so, wer weiß, wie lange wir noch zusammen feiern können. Tante Marlene geht es doch erst seit Kurzem wieder besser", versuchte es Anne etwas anders.

„Hmhm."

Na toll, das konnte ja was werden.

In diesem Moment kam Christine zur Haustür herein.

„Christine, mein Schatz. Los, leg deine Sachen hin. Ein Butterbrot steht in der Küche. Das kannst du unterwegs essen. Wir müssen los."

Kaum hatte Anne dies gesagt, hörte sie die Dusche. Es war Olaf, wer sonst? Sie rannte ins Badezimmer.

„Olaf, was machst du denn da?"

„Ich dusche."

„Das sehe ich. Ich meine, warum duschst du denn jetzt? Wir kommen doch zu spät!"

„Ich bin geschwitzt, also dusche ich."

„Ja, ja, aber Tante Marlene besteht doch auf Pünktlichkeit und ...", weiter kam Anne nicht.

„Ich dusche!", war alles, was Olaf dazu sagte, und mehr würde nicht kommen, das wusste sie schon.

Anne war den Tränen nahe. Sie hatte sich so abgehetzt und jetzt?

Wenigstens Christine musste doch einsehen, wie wichtig das Ganze war, oder?

Christine saß an dem kleinen Küchentisch, vor sich das Butterbrot.

„Christine, warum sitzt du denn da? Wir müssen doch gehen!", rief Anne gehetzt.

„Mama, chill mal. Die Schule war anstrengend, ich brauche eine Pause."

„Ja, aber ..."

„Mama, wenn's dir so wichtig ist, dann geh doch allein zu Tante Marlene!"

Anne war sprachlos. Geh doch allein zu Tante Marlene.

Geh doch allein zu Tante Marlene?

War das eine gute Idee?

Da kam Olaf mit noch leicht feuchten Haaren zur Tür herein.

„Was ist denn los, ich dachte, wir müssen uns beeilen?", fragte er.

„Sie sagt, ich soll alleine gehen", wiederholte Anne vorwurfsvoll ihre Tochter.

„Genau", bestätigte Christine. „Mama soll alleine gehen, wenn sie sich so stressen will. Ich geh jedenfalls nicht mit. Ich brauche eine Pause."

Anne sah Olaf hilfesuchend an.

„Na, dann machen wir das doch", meinte dieser. „Wir beide sind fertig und abgehetzt genug, da muss sich doch Christine nicht auch noch stressen."

„Ja, aber ...", versuchte es Anne erneut.

„Kein Aber", bestimmte Olaf. „Christine schafft das schon. Und nun los, wir kommen noch zu spät."

Er fasste Anne am Arm, zog sie aus der Küche und führte sie zur Garderobe. Im Gehen fügte er hinzu:

„Außerdem haben wir dann eine gute Ausrede, um nicht lange bleiben zu müssen!"

Kinder brauchen auf jeden Fall Zeit für sich und ihr eigenes Leben. Sie sollten nicht auch noch unsere Termine mitmachen müssen, wenn es anders geht.

Kreativität

*Wer etwas Besonderes sehen will,
muss auf das blicken, was andere
nicht beachten.*
Aus China

Der Zirkus kommt

Irgendetwas war heute los mit Kevin. Fehlte ihm der Kindergarten? Immerhin war ja Sonntag.

Er stand auf dem Wohnzimmertisch (was erlaubt war, das hatte schon Bianca, Kevins ältere Schwester, durchgesetzt). Aber Kevin schrie am laufenden Band:

„Hurra!"

Immer wieder.

„Hurra! Hurra! Hurra! Hurra!"

Das war ja eigentlich auch erlaubt. Und Olivia, seine Mutter, wollte ihm das nicht verbieten, wenn es ihm Freude machte. Es ging einem nur gewaltig auf die Nerven ... Kevin wurde überhaupt nicht müde. Schon fast eine Viertelstunde ging das so.

„Hurra! Hurra! Hurra!"

Magnus, der Vater, hatte sich in sein Kellerbüro zurückgezogen. Dort war er gut geschützt. Olivia hatte das Radio in der Küche lauter gedreht, aber immer noch konnte sie ihren Sohn gut hören, während sie das Essen vorbereitete und schließlich in den Ofen schob.

„Hurra! Hurra!"

Ihm schien das richtig gut zu gefallen, Kevin grinste und machte weiter. Seiner Schwester Bianca gefiel es allerdings nicht und sie teilte auch nicht die Erziehungshaltung ihrer Eltern.

„Mensch, Kevin! Halt jetzt endlich mal die Klappe!", rief sie. Leider nutzte es nichts.

„Hurra! Hurra!", tönte es weiter durch das Haus.

Auch als Bianca ihren Bruder schüttelte, hatte das nur eine kurze Pause zur Folge, dann setzte das Rufen wieder ein.

Oh, oh. Jetzt sollte Olivia unbedingt etwas tun, bevor die beiden Geschwister ernsthaft aneinandergerieten. Das Mittagessen brauchte sie nicht mehr, um fertig zu werden, also ging sie zu den beiden in den Wohnbereich.

„Kevin, möchtest du nicht aufhören? Dann könnte ich euch eine Geschichte vorlesen oder wir spielen vor dem Essen noch etwas zusammen", schlug Olivia vor.

Doch Kevin schüttelte den Kopf.

„Hurra! Hurra!", ging es weiter.

Bianca war kurz davor, durchzudrehen.

„Wartet mal!", Olivia hatte eine Idee. „Wollen wir uns Instrumente holen?"

„Ja!", riefen die beiden Kinder sofort. Sie rannten los und suchten sich das, was ihnen gut erschien. Kevin kam mit einer Rassel zurück, Bianca mit einer Flöte.

Während Bianca ein Lied anstimmte, hatte Kevin nun eine wunderbare Klangverstärkung.

„Hurra! Hurra! Hurra!", setzte er, unterstützt von der Rassel, sein Rufen fort.

Mist, dachte sich Olivia. Das hatte nicht geklappt. Was könnten sie sonst machen? Das Essen würde noch eine ganze Weile im Ofen brauchen. Allerdings nicht so lange, dass es sich lohnte, raus zu gehen. Außerdem regnete es. Den

Waldausflug würden sie wohl auch verschieben müssen – es sollte noch gewittern. Sollte sie einen Film anmachen? Das würde sicher für Ruhe sorgen, allerdings war das nicht gerade eine gute Erziehungsmethode. Was also tun?

Während Olivia nachdachte, fiel ihr Blick auf die Erlebnis-Bilderwand. Dort hing unter anderem ein Bild von ihrem Zirkusbesuch im letzten Jahr. Da hatte es auch viele „Hurra!"- und „Bravo!"-Rufe gegeben ...

„Hey ihr beiden, wollen wir eine Zirkusvorstellung machen?"

Die Kinder wurden still und sahen ihre Mutter erwartungsvoll an.

„Na ja, Kevin könnte ein Clown sein und du, Bianca, eine Artistin. Wir könnten jede Nummer aufnehmen und dann macht uns Papa sicher einen Film daraus."

„Ja, und Papa muss der Zirkusdirektor sein!", rief Bianca begeistert.

„Ich will aber auch ein Kraftmensch sein!", verlangte Kevin.

„Und wir brauchen eine Tierschau!", meinte Bianca.

„Bianca, Schatz, wir haben doch gar kein Haustier", wandte Olivia ein.

Bianca schaute sie vorwurfsvoll an.

„Mama, ich rede doch von Kitty, meiner Kuschelkatze!"

Bis zum Mittagessen sammelten die drei ihre Ideen. Während des Essens wurde Magnus eingeweiht. Auch ihm gefiel die Zirkusidee sehr gut – viel besser als nachher das Auto von Schlamm und Waldboden befreien zu müssen, wenn sie wie geplant in den Wald gehen würden. Also war es beschlossene Sache.

Gleich nach dem Mittagessen bauten die vier eine kleine Manege im Wohnzimmer auf, brachten die Kamera in Position und legten mit den einzelnen Nummern los. Natürlich immer spektakulär angekündigt von Magnus, dem Zirkusdirektor.

Kevin konnte sehr oft „Hurra!" rufen, bis alles fertig war.

Schließlich schnitt Magnus einen kleinen Film daraus zusammen. Den sahen sie sich alle gemeinsam am Abend an.

Was für ein schöner Tag!

Natürlich können wir nicht jeden Tag riesige Projekte organisieren. Zuviel gibt es ja sonst noch zu tun. Aber wenn wir Zeit haben, können wir sie auf jeden Fall nutzen ...

Tischlein deck dich

„Papa, ich habe für dich gekocht!", rief Esther.

„Oh schön, ich komme!", antwortete Sven und ging zu der Spielküche im Wohnzimmer, wo seine Tochter stand und mit ihren Spielsachen hantierte.

„Was gibt es denn Gutes?", wollte er wissen.

„Hier haben wir Toast und da ist die Bolognesesoße und da sind die Bananen", antwortete Esther glücklich.

„Äh, du hast Bolognesesoße mit Toast und Bananen gemacht?", fragte Sven verwundert.

„Ja klar, das mag ich alles gerne."

„Okay, dann gib mir doch bitte einen Teller voll", bestellte Sven.

„Hier!", stolz stellte Esther einen Plastikteller mit drei Spielkarten vor ihren Papa hin.

„Äh, hast du nicht eine Holzbanane und einen Plastiktoast zum Spielen und Kochen?", wollte dieser wissen.

„Ja, und?", fragte Esther.

„Na, die könntest du doch viel besser nehmen", meinte ihr Papa.

„Wieso?"

„Na ja, dann sieht es echter aus und ich würde gleich sehen, was was ist."

„Aber Papa, das sieht man doch auch so!", war sich Esther sicher. Sven teilte ihre Ansicht allerdings nicht so ganz. Beherzt sagte er:

„Ah, der Herzbube ist der Toast, richtig?"

„Da ist kein Herzbube! Außerdem ist das die Banane, guck doch hin!"

„Ach so. Klar, hätte ich sehen können", stimmte ihr Sven zweifelnd zu.

„Das ist der Toast!" Esther zeigte auf eine Pik 8. „Und das hier ist die Soße." Es war die Karo 7.

„Ah ja, ich verstehe. Also keine Sachen, die wie echt aussehen, sondern es muss genau so sein?", wollte Sven noch einmal wissen.

Esther schaute ihn nur vorwurfsvoll an.

„Okay, okay, war ja nur eine Frage", beschwichtigte er seine Tochter.

„Darf ich mir noch ein paar Nudeln nehmen?", fragte Sven, als er das erste Gericht gegessen hatte, und zeigte auf das Herzass.

„Papa, die musst du doch erst kochen!"

„Das mache ich sofort!" Sven tat das Ass in einen kleinen Topf und stellte ihn auf den Herd.

„Bruzzel, bruzzel!", sagte er und wollte den Topf vom Herd nehmen, als Esther kicherte.

„Papa, du musst erst Wasser in den Topf tun, sonst wird das nix."

Woher wusste sie denn das? Cool! Sven war sehr beeindruckt von seiner Tochter.

„Du, da war noch Wasser drin", verkündete er.

„Ach so, dann ist es ja gut. Sind die Nudeln jetzt fertig?", fragte Esther.

„Jawoll! Möchtest du auch welche?"

„Gerne!"

„Bitte sehr!" Sven servierte seiner Tochter und sich die Herzass-Nudeln.

„Lass es dir schmecken, Papa."

„Und du dir auch, mein Schatz!"

So saßen die beiden auch dann noch bei Tisch, als Mama mit dem Baby vom Kinderarzt kam. Klar, dass die zwei ebenfalls mitessen wollten.

Im Laufe des Tages gab es noch Mikado-Spaghetti, Kastanien-Eis, Karten-Salat und vieles mehr. Was für ein Hochgenuss!

Kinder denken nicht so wie wir. Also sollten auch wir uns ab und an von unseren Denkmustern verabschieden und etwas Neues, Kreatives wagen. So können wir uns selbst und unsere Kinder überraschen!

Von Raumschiffen und Einhörnern

„Nein!", rief Luca und stampfte mit dem Fuß auf. „Ich will nicht in den Kindergarten."

„Ich auch nicht!", verkündete seine kleine Schwester Merle neben ihm.

„Aber, ihr beiden, ihr müsst gehen. Papa und ich müssen arbeiten. Seht mal, im Kindergarten sind doch eure Freunde. Ihr werdet bestimmt einen schönen Tag haben."

Seit drei Tagen war es jeden Morgen die gleiche Diskussion. Die beiden wollten einfach nicht in den Kindergarten. Weder Laufen noch Fahrradfahren waren gut genug. Dabei hasste Claudia es, das Auto für diese kurze Strecke nehmen zu müssen. Aber was blieb ihr anderes übrig?

„Also schön. Ich fahre euch heute noch einmal mit dem Auto. Aber nur, wenn ihr morgen ohne Murren mitgeht."

Die beiden sahen sich an.

„Na gut", stimmten sie schließlich gnädig zu und die Fahrt konnte losgehen.

Am nächsten Tag hatten die Kinder die Abmachung allerdings vergessen.

„Nein!", rief Luca wieder und stampfte wie immer mit dem Fuß auf, wenn ihm etwas nicht passte. „Ich will nicht in den Kindergarten."

„Ich auch nicht!", meldete sich Merle neben ihm.

Aber heute war Claudia vorbereitet.

„Gut!", sagte sie. „Wir fahren nämlich auch gar nicht in den Kindergarten."

„Was, wieso nicht?", wollte Luca wissen.

„Wohin gehen wir denn dann?", fragte Merle neugierig.

Claudia lächelte geheimnisvoll.

„Heute fahren wir zu dem Planeten Ki-Ta."

„Was? Das geht doch gar nicht. Du lügst!", rief Luca.

„Kommt mit und seht selbst", antwortete Claudia. „Ihr braucht euch nur anzuziehen und eure Rucksäcke zu nehmen."

Gespannt taten die beiden, was Claudia gesagt hatte. Gemeinsam gingen sie zu den Fahrrädern der drei.

„He, das sind doch unsere Fahrräder!", stellte Merle fest.

„Nein", entgegnete Claudia. „Das sind unsere Raumschiffe. Erkennt ihr sie nicht?"

Luca schaute etwas skeptisch, doch Merle jauchzte und schob ihr Rad zum Tor.

Als alle drei auf dem Bürgersteig vor dem Haus standen, sagte Claudia:

„So. Nun steigen wir in unsere Raumschiffe und zünden die Raketen. Wir brauchen viel Energie, um von der Erde wegzukommen. Achtung! Der Countdown beginnt 10, 9 ..."

Luca und Merle stiegen mit leuchtenden Augen auf ihre Räder.

„... 5, 4, 3, 2, 1, zero! Und los!"

Das brauchte Claudia nicht zweimal zu sagen. Mit Karacho traten die beiden in die Pedale. Schon waren sie ein ganzes Stück weg.

„Los, du musst schneller treten!", rief Luca. „Wir brauchen Schub!"

„Okay!", keuchte Merle dicht hinter ihm.

Alle drei fuhren auf dem Bürgersteig entlang. Dann mussten sie die Straße überqueren.

„Juhuu! Wir haben die Erde verlassen!", verkündete Claudia, als sie die andere Straßenseite erreicht hatten.

Die Fahrt ging weiter, da sagte Claudia auf einmal:

„He, was ist denn das da für ein Planet?"

„Keine Ahnung", meinte Luca, aber Merle hatte eine Idee:

„Das ist Krautaria, hier gibt es ganz tolle Außerirdische!"

Sofort stiegen die drei von ihren Rädern, um die Wiese zu untersuchen.

„Ich habe eine Weltraum-Ameise gefunden!", rief Luca.

„Und ich einen Glitzerling!", strahlte Merle.

„Hä, was ist denn das?", wollte Luca wissen. Er rannte zu seiner Schwester und gemeinsam bestaunten sie den Schmetterling.

„Vorsicht!", rief da Claudia. „Dort hinten kommt ein Sturm. Schnell zurück in die Raumschiffe und weiter!"

„Ja, schnell weg!", riefen die beiden Kinder und traten wieder fest in die Pedale. Zum Glück schafften sie es noch vor dem Sturm.

Nach kurzer Fahrt erreichten sie den Planeten Ki-Ta, der genauso aussah, wie ihr Kindergarten.

„Da wären wir", verkündete Claudia.

„Wow, das war voll cool, Mama! Das machen wir morgen wieder, ja?", meinte Luca. Aber Merle fand:

„Mama, können wir morgen nicht lieber zu den Einhörnern von Pinklilarot gehen?"

Claudia lächelte.

„Wir können jeden Tag einen ganz besonderen Ausflug machen."

Merle und Luca strahlten. Sie rannten förmlich in den Kindergarten hinein. Die beiden hatten so viel erlebt, das mussten sie schnell ihren Freunden erzählen!

Mit ein wenig Kreativität wird das tägliche Einerlei gleich viel spannender und bunter!

Alles neu macht das Kind

Erin ist sehr aufgeregt. Heute hat sie Geburtstag! Gleich nach dem Aufstehen hat sie von Mama und Papa eine neue Puppe bekommen, mit allem, was sich eine Puppenmama nur wünschen kann. Jetzt kommen so langsam aber sicher die Verwandten. Wo bleibt denn nur Oma? Da, endlich!

„Oma!", ruft Erin und rennt der alten Dame entgegen. „Oma, hast du auch ein Geschenk für mich?"

Die Angesprochene lächelt:

„Aber natürlich." Sie holt etwas aus ihrer Tasche. „Hier, mein Kleines, hast du dein Geburtstagsgeschenk!"

Oma überreicht Erin ein Paket. Mit leuchtenden Augen rennt das Mädchen ins Haus zurück und öffnet es.

„Oh toll! Filzstifte! Ich liebe Malen!"

Oh toll, denkt sich Mirjam, die Mutter von Erin. Ob das so eine gute Idee von ihrer Lieblingsschwiegermutter war?

Erin jedenfalls ist vollkommen hin und weg. Die Filzstifte müssen überall mit hingehen, sei es an den Kaffeetisch, in Erins Zimmer oder sogar aufs Klo. Und sie malt den ganzen Nachmittag über mit allen Verwandten Bilder.

Also eigentlich doch voll okay, finden Mirjam und ihr Mann Leif.

Auch am nächsten Tag müssen die Filzstifte überall mit.

„Aber denk daran", ermahnt Mirjam ihre Tochter, „du darfst mit diesen Stiften nur auf Papier malen und auch nur dann, wenn du eine Malunterlage darunter hast. Weißt du noch, wo die sind?"

Erin schaut ihre Mutter vorwurfsvoll an. Klar weiß sie das!

Also los. Ein Bild und noch ein Bild und noch eins und noch eins.

„Siehst du, Mama, das ist unser Haus!"

„Das, Mama, ist die Sonne und das der Mond und ein Auto!"

„Schau, Mama, das ist Papa mit der Bohrmaschine!"

Die meisten der Dinge hätte Mirjam nicht erkannt, zugegeben. Aber Erin malt wirklich sehr sorgfältig. Sie bleibt immer auf dem Papier.

Mirjam ist beruhigt und geht wieder an ihre Arbeit. Leif ist bereits dabei, den Carport weiter auf Vordermann zu bringen. Auch jetzt, wo Mirjam nicht mehr direkt bei Erin ist, ruft diese ihrer Mutter immer wieder zu, was sie gemalt hat. Doch plötzlich wird Mirjam bewusst, dass das schon länger nicht mehr der Fall gewesen ist. Was macht ihr Kind?

Mirjam geht ins Wohnzimmer zu Erins Kindertisch, wo sie das Mädchen zurückgelassen hat, … und prallt entsetzt zurück!

Da steht Erin. Sie ist hoch konzentriert beim Malen. Aber offensichtlich war ihr das Blatt nicht mehr genug. Der Tisch hat etwas abbekommen.

Auch der Boden ist bunter als vorher. Und nun ist die Wand dran. Sie ist bereits gelb, rot und blau. Jetzt kommt dunkelgrün.

„Erin!", ruft Mirjam.

Erin zuckt zusammen.

„Erin, du darfst doch nur auf Papier malen!!"

„Oh, das … das hab ich vergessen", stammelt Erin. Doch dann leuchten ihre Augen wieder. „Aber Mama, sieht es nicht viel schöner aus als vorher?"

„Nein!", widerspricht ihre Mutter energisch.

„Aber du hast doch gesagt, dass du keine weißen Wände magst", versucht Erin es erneut.

„Das gibt dir nicht das Recht, alles zu bekritzeln" stellt Mirjam vehement fest. „Los, leg die Stifte weg!"

Missmutig tut Erin, was Mirjam sagt. Diese nimmt die Stifte und legt sie auf den Schrank. Keine Chance für die Kleine, da ran zu kommen.

„So, und jetzt wischen wir den Tisch und den Boden wieder sauber", kommandiert die Mutter.

„Okay", meint Erin. „Aber die Wand darf bleiben, oder? Ich habe mir ganz viel Mühe damit gemacht!"

„Nein, die Wand darf nicht so bleiben. Das macht man nicht mit Filzstiften. Für so etwas gibt es Wandfarbe und ..."

„Wandfarbe?", haucht Erin nahezu ehrfürchtig. „Können wir das mal machen?"

In dem Moment kommt Leif von draußen herein. Auch er ist wenig begeistert von Erins Kunstwerk. Aber er einigt sich mit Mirjam darauf, dass das eine gute Gelegenheit sei, die Wand zu streichen. Weiß sei schließlich doch recht langweilig.

Gleich am nächsten Tag geht Leif in den Baumarkt und Erin darf mit. Zum Glück hat er Urlaub. Aber sein Gesicht wird etwas trüber, als er von der netten Verkäuferin erfährt, dass bei Filzstiften eine einfache Wandfarbe wahrscheinlich nicht helfe. Er bräuchte einen Fleckenblocker, der leider sehr geruchsintensiv und ziemlich giftig sei.

Also: Schritt eins – Flecken entfernen; Schritt 2 – abwarten, bis sich der Gestank verzogen hat (das kleine Gästezimmer würde so lange als Wohnzimmer herhalten müssen) und Schritt 3 – neu malen. Darauf freut sich Erin am meisten.

Das Zeug von Fleckenblocker stinkt wirklich wie sonst was. Mirjam ist sehr ärgerlich, dass ihr Mann es überhaupt gekauft hat. Aber passiert ist passiert. Nach zwei Tagen trauen sich Mirjam und Leif, Erin wieder in das Wohnzimmer zu lassen. In der Zwischenzeit ist auch ein Plan entstanden, wie die neue Wand aussehen soll.

Ein Haus soll darauf und ein Baum, beides nahe bei Erins kleinem Tisch. Der Hintergrund soll wie die restliche Wand hellgelb werden, mit orangenen „Wischern" wie Erin sie nennt.

Endlich kann es losgehen!

Erins Malbereich ist abgeklebt, sodass nichts schief gehen kann. Alle sind ausgestattet mit Pinseln und Malkitteln.

Leif kommandiert:

„Alle Pinsel hoch, ab in die Farbe und los!"

Es wird ein anstrengender, aber sehr lustiger Tag. Das Gästezimmer bleibt erst noch einmal Wohnzimmerersatz. Und alle drei sind mächtig stolz auf ihr Werk.

Manchmal ist es gut, aus der Not eine Tugend zu machen und die Kreativität der Kinder fortzusetzen!

Ich brauche ein Schwert

Michael war ganz vernarrt in sein neues Ritterbuch. Er konnte es sich stundenlang ansehen und er las auch schon kleine Passagen selbst – obwohl er eigentlich ein Lesemuffel war. Seine Eltern waren sehr stolz auf ihn.

Eines Tages kam er zu Mama und sagte:

„Mama, ich will ein Ritter sein. Ich brauche ein Schwert. Jetzt gleich!"

„Puh, Schatz, wo soll ich denn jetzt ein Schwert hernehmen? Wir könnten eines basteln."

„Ja, das machen wir!", freute sich Michael. „Wie denn?"

„Äh, wie wäre es mit Pappe? Dann kannst du es sogar noch schön bemalen", schlug seine Mutter vor.

„Okay!", stimmte Michael begeistert zu.

Und so bastelten sie ein Schwert aus Pappe. Gut sah es aus und Michael flitzte stolz damit durch die Wohnung. Leider bekam es bei der zweiten Monsterschlacht gegen die Couch einen Knick. Und der ging nicht mehr weg.

„Mama!", rief Michael. „Ich brauche ein anderes Schwert. Eines ohne Knick!"

„Nun, wir könnten vielleicht einen Ast hinter die Pappe kleben ..."

„Ja, das machen wir, da kann ich das behalten!", war Michael einverstanden.

Gesagt, getan.

Das Schwert sah wieder so wunderbar aus, wie zuvor. Es war nur etwas dicker. Stolz sprang Michael damit in der Wohnung herum. Doch als er Papa am Abend zeigen wollte, wie toll er mit seinem neuen Schwert gegen das Couchmonster kämpfen konnte, besiegte ihn dieses fiese Ding erneut. Die Pappe löste sich von dem Ast.

„Nein!", rief Michael und fing an zu weinen. Er war nicht mehr zu beruhigen. Erst als Papa versprach, mit ihm ein neues Schwert zu bauen, ging es wieder. Sie nahmen die Pappe und den

Ast, fügten noch einmal Pappe hinzu und umwickelten alles mit Gewebeband. So war das Schwert zwar nicht mehr von Michael bemalt, aber es war silbern. Es sah aus, wie ein echtes Schwert – nur etwas dicker. Aber das machte Michael nichts. Er schlief stolz mit seinem neuen Schwert im Arm ein.

Diese Variante hielt tatsächlich länger, doch nach ungezählten Kämpfen löste sich eine Woche später das Gewebeband ab. Erst hier, dann dort. Zum Glück besuchten sie an diesem Wochenende Opa. Der hatte eine große Werkstatt, Hunderte Sägen und jede Menge Holz und Erfahrung.

Während Oma zusammen mit ihren beiden Töchtern und den Schwiegersöhnen Kaffee trank, arbeiteten Opa und Michael an dem Schwert. Sie brauchten lange, aber sie hatten sich ihren Kuchen redlich verdient.

Ein Holzschwert mit einer Klinge, einem schönen Griff und einer daraufgesetzten Parierstange verziert mit Nägeln war Michaels ganzer Stolz.

Und einmal abgesehen von so mancher Scharte blieb es das, bis Michael selbst Kinder hatte, die sich genauso wie er über dieses coole Schwert freuten …

Manchmal braucht es mehrere Anläufe, um das Richtige zu finden. Und manchmal braucht es mehrere Köpfe. Aber die Mühe lohnt sich immer, wenn wir mit strahlenden Kinderaugen belohnt werden.

Selbst wenn das Wunderwerk nur kurze Zeit ausgiebig bespielt wird. Die Interessensspanne von Kindern kann tatsächlich sehr begrenzt sein – aber ihre Freude in diesem kurzen Moment ist trotzdem riesengroß.

Liebe

Die Liebe ist langmütig und freundlich.
1. Korinther, 13, 4

Für dich!

Simon hatte ein Projekt geplant. Mit seinen beiden Kindern wollte er im Garten etwas anpflanzen. So könnten die zwei hautnah erleben, was nötig ist, damit Pflanzen wachsen.

Die erste Station führte die drei in den Gartenmarkt. Logisch. Wer etwas säen will, braucht etwas, das er säen kann.

„Nun, was sollen wir nehmen?", fragte er seine beiden Sprösslinge. „Wie wäre es mit Karotten?"

„Nee!", rief Max sofort. „Die schmecken doch gar nicht!"

„Hmm, und was ist mit Salat?", schlug Simon vor.

„Iiih!", nun war Lotta nicht einverstanden.

„Mal sehen, was gibt es denn noch?" Simon suchte die Regale ab.

„Himbeeren!", verkündeten beide Kinder strahlend.

„Nein", meinte nun allerdings Simon. „Die wachsen ja nicht von klein auf. Wir brauchen schon etwas, das aus einem Samen oder einer Zwiebel wächst."

„Aus Zwiebeln?", fragte Lotta erstaunt.

„Klar, das hatte ich schon in der Schule. Tulpen, weißt du?", fragte Max.

„Ach, Blumen! Ja, Blumen sind gut. Die mag auch Mama", meinte Lotta.

„Also gut", meinte Simon. „Dann säen wir also Blumen."

„Tulpen!", beharrte Max.

„Ja, Tulpen", bestätigte Simon.

„Viele Tulpen!", rief Lotta.

„Ja", lächelte Simon. „Viele Tulpen."

Und so kauften sie viele Tulpen, einen großen Packen mit 50 Stück. Und natürlich Blumenerde.

Zu Hause angekommen, wollten Lotta und Max gleich in den Garten und die Tulpen pflanzen. Also taten sie das.

Sie gruben kleine Löcher, …

„Aber nicht so dicht. Die Blumen brauchen doch Platz, wenn sie groß werden sollen."

… legten die Zwiebeln hinein, …

„Vorsicht! Die Zwiebeln müssen mit dem spitzen Ende nach oben zeigen, sonst wächst die Blume nicht."

… bedeckten die Zwiebeln mit Erde …

„Nicht harken, da haben wir doch die Zwiebeln gepflanzt! Die gehen ja noch kaputt!"

… und gossen sie.

„He, nicht mich! Die Tulpen sollt ihr gießen!"

Alle hatten dabei viel Spaß.

„Oh Gott, ich bin völlig fertig!"

Am nächsten Tag waren noch keine Blumen gewachsen. Am darauf folgenden auch nicht.

Trotzdem gossen Max und Lotta ihre Zwiebeln.

Der Winter kam und mit ihm sogar Schnee.

„Sollen wir nicht ein Feuer im Garten machen?", wollte Lotta wissen.

„Wieso?", Simon verstand nur Bahnhof.

„Na", meinte Lotta, als wäre ihr Papa völlig blöde, „damit die Tulpen nicht erfrieren natürlich. Wir haben doch auch die Heizung an!"

Max kicherte.

„Nein, mein Schatz", meinte Simon. „Das wird nicht nötig sein. Die Blumen brauchen den Winter, damit sie gut ausruhen können und Kraft für den Frühling sammeln können."

„Oh", meinte Lotta.

„Wie lange dauert es denn noch, bis unsere Blumen wachsen?", wollten die Kinder wissen, als in anderen Gärten die Schneeglöckchen aufgingen.

„Hey, ihr wolltet Tulpen" antwortete Simon. „Die brauchen ihre Zeit. Die Möhren und den Salat hätten wir früher haben können."

Jeden Tag schauten die beiden Kinder nach ihren Blumen. Manchmal auch etwas später. Je nachdem, ob ihnen etwas Wichtiges dazwischen kam – wie das Spielen zum Beispiel.

Und eines Tages war es soweit. Die Tulpen waren gewachsen und bereit zu blühen. Max und Lotta zählten sie. Es waren keine 50. Manche hatten es wohl nicht geschafft. Aber auf 38 kamen sie doch.

„Toll!", meinte Simon. „Sehen sie nicht wunderschön aus?"

Lotta wiegte den Kopf hin und her:

„Na ja, da fehlt noch was", meinte sie.

Ein paar warme Tage später hatten sich die Tulpen geöffnet.

„Na, und jetzt?", fragte Simon. „Sind sie nicht wunderschön?"

Beide Kinder stimmten ihm eifrig zu.

„Jetzt können wir uns jeden Tag an den Tulpen erfreuen, denn sie werden noch lange Zeit hier im Beet blühen!", fügte der stolze Papa hinzu.

Simon ging wieder ins Haus. Lotta und Max wollten noch bei ihren Blumen bleiben.

Schließlich wollte Simon die beiden zum Abendessen rufen, doch kaum war er an der Terrassentür, blieb ihm die Luft weg. Da waren keine Blumen mehr. Sämtliche Tulpen waren weg!

Fassungslos stand er da.

Schließlich brachte er ein „Schatz!" heraus.

Seine Frau eilte herbei.

„Was ist denn?"

Stumm wies Simon auf das leere Beet.

Da kamen Lotta und Max angelaufen. In ihrem Arm hatte Lotta einen Strauß mit 38 Tulpen.

„Schau mal, Mama!", verkündeten die zwei. „Den haben wir für dich gepflückt!"

Wer kann einem Kind da böse sein? Obwohl wir uns so viel Arbeit gemacht haben, um unseren

Kindern etwas zu bieten, dürfen wir nicht vergessen, dass sie eigene Ideen haben. Sie tun manches nicht so, wie wir es uns gewünscht hätten oder wie wir es geplant haben. Aber sie sind auf jeden Fall unserer Liebe wert.

Ruhe!

Kennen Sie das? Manchmal ist alles einfach zu viel. So wie heute. Es fing schon damit an, dass die Nacht um 4 Uhr zu Ende war. Die Kleine wachte schreiend auf. Sie hatte einen Albtraum. Nach einer Stunde intensiven Kuschelns konnte sie wieder schlafen. Karin allerdings nicht. Sie wälzte sich hin und her, aber das war es auch schon.

Ja, und dann beim Frühstück konnte man es keinem Recht machen. Jeder hatte etwas zu meckern. Es gab keine Wurst (die gab es zum Frühstück nie), es gab nur Trauben und keine Erdbeeren (die wachsen aber nun mal nicht im Herbst). Dann wollte die Kleine nicht in den Kindergarten (musste sie aber, weil Karin ja auch zur Arbeit musste). Und dem Großen fiel ein, dass er unbedingt ein neues Mathe-Heft brauchte, weil ihn der Lehrer schon mehrmals darauf angesprochen hatte und doch keines mehr im Haus sei.

Karin wollte so etwas nicht hören. Weder morgens beim Frühstück, wenn doch am Tag vorher genug Zeit gewesen wäre, und erst recht nicht, wenn ihr Tag bereits so früh begonnen hatte. Aber ihr Sehnen nach Ruhe wurde nicht erhört. Leider.

Sie schaffte es, den Großen davon zu überzeugen, sich am Kiosk selbst ein Heft zu kaufen (die waren zwar teurer, aber dafür war es bereits geöffnet) und sie überredete die Kleine, sich doch in den Kindergarten bringen zu lassen. Puh!

Bei der Arbeit war auch nicht gerade Entspannung angesagt. Dauernd klingelte das Telefon. Der Chef wollte, dass sie ihren freien Tag verschob, weil sonst die Schicht wegen einiger Krankheitsfälle nicht voll würde. Und zu guter Letzt fiel ihr auch noch ein Paket Kopierpapier auf den Fuß. Super! Sie brauchte dringend Ruhe!

Fehlanzeige. Zu Hause ging es gerade weiter. Der Große brauchte Hilfe bei den Hausaufgaben – und zwar schnell, weil er doch (immerhin alleine) zum Fußballtraining musste. Und die Kleine wollte ständig vorgelesen bekommen. Dabei musste Karin noch das Bad putzen. Wo war nur eine Insel voll Ruhe? Ein kleines Fleckchen würde ihr schon genügen ...

Kaum war das Bad fertig und die Kleine ausreichend mit Büchern versorgt, kam der Große vom Training wieder. Klar, dass alle drei mittlerweile einen ganz schönen Hunger hatten. Und es stand noch kein Essen auf dem Tisch ... Karin hätte heulen können.

Da kamen ihre beiden Kinder zu ihr. Was wollen sie denn jetzt wieder?, dachte sie und wollte sie schon lautstark wegschicken, da legte die Kleine ihre Arme um Karins Beine und auch der Große nahm sie in seine Arme.

„Mama, wir haben dich lieb!"

Karin weinte. Nach so einem Tag tat das einfach nur gut. Karin genoss die Nähe ihrer Kinder. Und dann deckten sie den Abendbrottisch zusammen. Es wurde nicht gemeckert und so endete der Tag ganz anders, als er begonnen hatte.

Kinder spüren, wie es uns Erwachsenen geht. Und sie versuchen, zu helfen. Wir sollten uns immer wieder klar machen: Kinder wollen uns nicht ärgern. Sie wollen etwas für sich erreichen. Der Große hatte sein Heft wirklich einfach vergessen und die Kleine nach so einer Albtraum-Nacht einfach kein großes Interesse am Kindergarten. Mehr war da nicht. Weniger allerdings auch nicht.

Das Gutenachtlied

„Kinder! Licht aus, es ist Schlafenszeit!" Auf diesen Satz freute sich Ina jeden Abend. Nicht nur, dass dann wirklich Ruhe in der Wohnung einkehrte, nein, sie mochte es, ihren beiden Töchtern Gutenachtlieder vorzusingen. Jede hatte ein eigenes Lied, das sie jeden Abend vorsang. Nur manchmal wünschten sie sich andere Lieder. Aber auch das war jedes Mal wieder schön. Es war ein richtiger Liebesbeweis von ihr für ihre Kinder.

„Habt ihr einen besonderen Wunsch?", fragte Ina ihre Töchter. Diese schüttelten die Köpfe. Also dann. Sie sang. So wie (fast) jeden Abend, seit sie geboren wurden.

Als Ina geendet hatte, schliefen beide Mädchen tief und fest.

Am nächsten Abend jedoch war es anders.

„Kinder! Licht aus, es ist Schlafenszeit!", rief Ina. Doch auf die Frage nach einem besonderen Liederwunsch sagte diesmal Jessica, ihre Große:

„Du, Mama, ich mag kein Gutenachtlied mehr. Ich bin doch schon 12!"

Ina schluckte. Natürlich war ihre Große schon groß. Und natürlich hatte sie gewusst, dass es eines Tages passieren würde. Aber jetzt, wo es soweit war, spürte Ina einen Kloß im Hals.

„Ja, Jessica, du bist schon groß." Sie blinzelte ein paar Tränen weg. Es war eigentlich dumm, aber sie fühlte sich selbst zurückgewiesen. Fast, als würde ihre große Tochter sie nicht mehr so gern haben wie noch am Abend zuvor.

„Mira, was für ein Lied möchtest du hören?", fragte sie und bemühte sich, nicht zu schluchzen.

„Mein Lied bitte, Mama."

Ina sang es. Dann wünschte sie den Mädchen eine gute Nacht. Ob das jetzt immer so bleiben würde? Und wann würde die Kleine kein Gutenachtlied mehr haben wollen?

Am folgenden Abend ging Ina ein bisschen schwermütig zu den Kindern. Doch auch als sie noch ein zweites Mal nachfragte, blieb Jessica bei ihrem Entschluss. Sie wollte auch heute kein Gutenachtlied.

„Nie mehr, Mama", sagte sie. „Große bekommen kein Gutenachtlied. Oder singt dir Oma immer noch jeden Abend etwas vor?"

Ina lächelte. „Nein, mein Schatz, natürlich nicht."

Hach ja. Zu sehen, dass die kleinen Kinder groß werden, war schon schwer … Aber wohl auch für Kinder. Denn als Ina Mira nach ihrem Liederwunsch fragte, sagte sie:

„Ich möchte Jessicas Lied hören, Mama!"

Ina sang es und fühlte sich ein wenig besser.

Am Wochenende durften die beiden länger aufbleiben. Klar, denn sie hatten ja am nächsten Tag keine Schule. Aber natürlich bekamen sie ein Gutenachtlied. Nein, korrigierte sich Ina. Nur noch Mira bekommt ein Gutenachtlied.

Als sie zu den Mädchen kam, schlief Mira schon tief und fest.

„Nun, dann heute also kein Gutenachtlied", stellte Ina fest und wollte schon gehen, da rief Jessica schnell.

„Doch! Ich mag bitte eins, Mama!"

Inas Herz machte einen Sprung. So war das also. Jessica fühlte sich zwar zu groß für ein eigenes Gutenachtlied, aber um bei ihrer kleinen Schwester zuzuhören, war sie nicht zu alt. Ina lächelte. Sie liebte ihre beiden Mädchen! Und natürlich sang sie Jessicas Wunschlied.

Großwerden ist wirklich schwierig – sowohl für Kinder als auch für Eltern. Es fällt manchmal schwer, zu akzeptieren, dass das Kind nun keinen besonderen Schutz mehr braucht und selbst Verantwortung übernehmen kann. Dass es nicht mehr behandelt werden möchte wie ein kleines Kind.

Aber andererseits ist es manchmal doch wieder gerne ein Kind, um gerade keine Verantwortung tragen zu müssen und sich bei uns voll und ganz geborgen fühlen zu können. In jeder dieser Phasen ist es wichtig, die Liebe zu seinem Kind immer wieder neu zu entdecken.

Die Flut

„Schau mal, Mama! Das habe ich im Kindergarten für dich gebastelt, weil ich dich lieb hab'!" Stolz präsentierte Julius seiner Mama ein bunt bemaltes Blatt.

„Oh wie schön! Danke", sagte seine Mutter, nahm das Geschenk, bewunderte es ausgiebig und umarmte ihren Kleinen. Zu Hause hängte sie das Bild an die Tür zum Esszimmer.

Am Nachmittag hatten die beiden nichts vor.

„Mama, kann ich bitte ein Blatt haben?", fragte Julius.

Er bekam es, ebenso noch eine Schere und Kleber und er legte los. Das Blatt wurde in Streifen geschnitten, diese wurden bemalt und zusammengeklebt.

„Hier, Mama! Das schenke ich dir! Ich hab' dich lieb."

„Oh, danke schön." Wieder war die Mutter sehr glücklich, nahm ihren Kleinen in den Arm und zeigte das Werk auch gleich dem Papa, als er nach Hause kam. Dann fand es ebenfalls einen Platz an der Esszimmertür.

Am nächsten Tag kam Julius sehr beladen aus dem Kindergarten. Fünf Bilder hatte er für seine Mutter gemalt.
„Julius, du bist aber fleißig, danke schön!", sagte sie, umarmte ihn und hängte die Bilder zu Hause gleich wieder auf. Nun war es schon eine richtige Galerie.

So ging es einige Zeit lang weiter. Schließlich war die Esszimmertür voll. Es passte einfach kein Bild mehr daran, obwohl Julius noch mehr für seine Mama bastelte und malte. Was nun? Natürlich wollte die Mutter Julius nicht enttäuschen. Immerhin bastelte er ja so gerne. Und sein künstlerisches Talent wollte sie auf jeden Fall fördern.

„Ähm, Julius", begann sie zögernd. „Julius, schau mal, es ist kein Platz mehr an der Tür. Was soll ich denn nun mit dem Bild machen?"

„Du hängst es einfach an eine andere Tür", schlug Julius vor.

„Ja, das könnte ich wohl tun, aber ich glaube, es wird ein bisschen zuviel … Meinst du nicht auch?"

Julius wirkte enttäuscht. Doch dann hellte sich sein Gesicht auf.

„Mama", sagte er „Du kannst das Bild doch hinter meine Taufkerze in das Regal stellen!"

„Hmm", die Mutter stockte. Eigentlich war das eine gute Idee …

„Ja, das ist eine gute Idee" stimmte sie also zu, „da stelle ich es hin!"

Und so geschah es.

Am Nachmittag regnete es und während er ein Hörspiel hörte, malte Julius drei Bilder für seine Mama. Nun war auch das Regalfach voll.

Als Julius am nächsten Tag wieder mit zwei Bildern aus dem Kindergarten kam – natürlich für seine Mama – sagte diese:

„Julius, nun haben wir wirklich keinen schönen Platz mehr für deine Bilder. Was sollen wir denn tun? Sollen wir die nicht so Schönen wegtun und dafür die Neuen aufhängen?"

„Mama!", Julius war entsetzt. „Sie sind doch alle schön, hast du gesagt!"

Mist. Das hatte sie gesagt und eigentlich stimmte es ja auch.

„Ja, schon", versuchte sich die Mutter zu retten, „aber ..."

Da kam ihr ein sehr guter Gedanke. „Julius, was hälst du davon, wenn wir deine Bilder weiter verschenken? Wir könnten doch deinen Omas und den Opas Briefe schreiben und Bilder hineinlegen."

„Jaaa!" Julius war begeistert. „Dann brauche ich aber ganz viel Papier, denn da brauchen wir noch viele, viele Bilder!"

So hatte sich das die Mutter nicht vorgestellt. Aber Julius hatte solch einen Spaß, dass sie ihn gewähren ließ.

Und am Abend hatten nicht nur die beiden Omas und Opas jeweils einen Brief, sondern auch alle vier Tanten und Onkel sowie die drei Cousins. Die Nachbarin von gegenüber, die beiden von nebenan und die Dame, die am Ende der Straße wohnte und den süßen, kleinen Hund hatte, sollten auch Briefe bekommen. Und natürlich mussten seine beiden Kindergarten-Erzieherinnen ebenfalls je einen haben.

Am nächsten Morgen trugen Julius und seine Mama die Briefe auf dem Weg zum Kindergarten aus und brachten die Übrigen zur Post. Alle würden sich sicher sehr freuen.

Als die Mutter Julius vom Kindergarten abholen wollte, spürte sie eine leise Angst in sich. Was, wenn er wieder so viel gebastelt und gemalt hatte? Wem könnten sie noch etwas schenken?

Doch dieses Mal kam Julius ohne neue Werke aus dem Kindergarten. Mit leuchtenden Augen erzählte er vom Fangen spielen und davon, dass sie eine Slackline aufgebaut hatten.

Hu, die Mutter war erleichtert. Aber eigentlich war es auch schade, sie hatte sich so an die Basteleien gewöhnt. Wer weiß, wann ihr wieder einmal jemand so viel aus Liebe schenken würde ...

Kinder schenken gerne. Einfach, weil sie jemanden mögen. Und weil sie sehr kreativ sind und unendlich viele Ideen haben. Wir sollten nur schauen, dass wir die Flut behutsam in Bahnen lenken, sodass sie uns nicht überrollt – und dass es nicht die eigenen Spielsachen oder das eigene Geld sind, die derart freigiebig verschenkt werden.

Ein ganz besonderer Tag

Ein ganz besonderer Tag – ein Tag, an dem etwas geschieht, das nicht jeden Tag geschieht. Gunnar und sein Sohn Marvin hatten so einen Tag kürzlich erst erlebt. Gunnars Frau und Marvins Mutter hatte ihnen gesagt, dass sie nicht mehr bei ihnen leben könne. Sie wolle sich verändern. Auf solche besonderen Tage konnte Gunnar gut verzichten. Nach diesem Tag hatte für sie beide eine schwere Zeit begonnen. Sie hatten sich neu finden müssen. Es war ihnen gut geglückt, fand er.

Aber nun war es an der Zeit für neue besondere Tage. Tage, an die man sich gerne erinnert, weil etwas Schönes passiert ist. So einer sollte heute sein. Gunnar hatte bei der Arbeit etwas früher Schluss gemacht, um noch einmal zu einem Gameshop zu fahren. Dort kaufte er für Marvin ein super-tolles und brandneues Konsolenspiel.

Als er zu Hause ankam, war Marvin in seinem Zimmer – wie meistens. Sie aßen gemeinsam, dann holte Gunnar das Spiel heraus.

„Hier, das habe ich dir mitgebracht."

„Wow! Cool, danke", sagte Marvin, die Augen auf das Spiel geheftet, und verschwand in seinem Zimmer. Um das Spiel auszuprobieren wahrscheinlich. So hatte sich das Gunnar nicht vorgestellt. Aber er hatte Marvin definitiv eine Freude gemacht, tröstete er sich.

In der Woche darauf startete Gunnar erneut einen Versuch. Es war Freitag. Freitags hatte er immer mittags schon Feierabend. Wieder fuhr er nach der Arbeit zu dem Gameshop. Diesmal kaufte er eine Gamingtastatur. Super-teuer, aber sehr gut für Computerspiele und Ähnliches.

Marvin kam von der Schule nach Hause, als auch Gunnar ankam.

„Gibt es noch kein Mittagessen?", wollte Marvin wissen.

„Nein, aber ich mache es jetzt und danach habe ich noch eine Überraschung für dich", antwortete Gunnar.

„Oh, cool", sagte Marvin und verschwand in seinem Zimmer.

Nach dem Mittagessen, das wie meistens recht schweigsam verlief, holte Gunnar die Tastatur hervor.

„Hier, das ist die Überraschung!"

Marvin war zuerst sprachlos, dann kam ein verspätetes „Danke!", bevor er in seinem Zimmer verschwand.

„Aber erst die Hausaufgaben machen!", rief ihm Gunnar noch nach. Hmm, auch das war nicht ganz so verlaufen, wie er sich das erhofft hatte. Irgendwie fehlte das Besondere.

Nicht lange darauf sollte Gunnar seinen besonderen Tag bekommen. Dabei begann der Tag wie immer.

Das Frühstück war kurz. Sie waren beide nicht rechtzeitig aus dem Bett gekommen. So war es schon arg spät, als Marvin und Gunnar das Haus verließen. Zum Glück für Marvin machte sein Vater auch an diesem Tag einen Umweg mit dem Auto, sodass er rechtzeitig zur ersten Stunde in der Schule ankam.

Gunnar fuhr weiter zur Arbeit. Gott sei Dank war heute ein Freitag, sodass er nur einen halben Tag zu arbeiten brauchte, und dann wäre erst einmal Wochenende. Seine Kollegen waren freundlich, die Kunden auch, es gab keine besonderen Zwischenfälle.

Es war ein ganz normaler Tag.

Endlich Feierabend. Gunnar fuhr nach Hause und machte für sich und Marvin Mittagessen. So wie immer.

Marvin kam aus der Schule. Auf Gunnars Frage, wie es denn gewesen sei, erhielt er ein knappes „Okay" als Antwort. Typisch. Marvin war eben ein stiller Typ, ganz besonders nach der Schule. Sie aßen also wie gewohnt schweigend.

Danach ging Marvin in sein Zimmer. So wie immer. Erst ein bisschen zocken, dann Hausaufgaben machen. Zum Glück war Marvin in diesem Punkt sehr zuverlässig. Noch nie hatte er seine Hausaufgaben vergessen.

Gunnar räumte den Tisch ab und die Spülmaschine ein. Dann setzte er sich an seinen Computer, um ebenfalls ein bisschen zu zocken. Immerhin hatte er frei.

Es war eben ein ganz normaler Tag.

Während Gunnar gerade eine neue Burg in seinem digitalen Territorium baute, hörte er, wie Marvin seinen Schulranzen in den Flur brachte. Danach kam Marvin herein, ging zu Gunnar und schaute ihm über die Schulter. So stand er längere Zeit.

„Möchtest du mitspielen?", fragte Gunnar. Eigentlich wusste er, dass Marvin „Nein" sagen würde. Er mochte diese Konstruktionsspiele nicht sonderlich. Aber heute war es anders.

„Gern", antwortete Marvin. „Wie machen wir das?"

Gunnar überlegte, dann schlug er vor: „Ich hole meinen Laptop und stelle ihn neben den großen Rechner. Dann kriegst du einen Account und los geht's."

Gesagt, getan.

Das war etwas Besonderes!

Und dann bauten beide um die Wette. Burgen, Städte und Kathedralen. Sie lachten und machten kleine Scherze, wenn etwas nicht so ganz klappte. Als sie von ihrem Spiel aufschauten, war es bereits dunkel geworden.

„Wir haben das Abendessen vergessen", meinte Gunnar.

„Macht nichts", antwortete Marvin. „Ich weiß nämlich, dass wir im Kühlschrank noch Pizza von gestern haben."

Die beiden holten sich die Pizzareste und aßen. Dabei unterhielten sie sich angeregt über das

Spiel und was sie alles darin erlebt und geschafft hatten.

Und nach dem Essen?

„Spielen wir noch eine Runde?", wollte Gunnar wissen.

„Klar!", meinte Marvin und so spielten die beiden, bis sie zu müde dafür waren. Glücklich gingen sie zu Bett.

Das war wirklich ein ganz besonderer Tag!

Besondere Momente gibt es mit Kindern immer wieder. Sie haben selten etwas mit teuren Geschenken zu tun, sondern mit Zeit, die wir uns füreinander nehmen. Wir sollten jeden Einzelnen dieser Momente ausgiebig genießen, denn leider sind sie manchmal ebenso schnell vorbei, wie sie gekommen sind.

Die Autorin

Petra Baier ist Mutter von sechs Kindern. Sie ist promovierte Juristin und arbeitet schon lange Zeit als Tagesmutter (Amtsdeutsch: Kindertagespflegeperson) im Rhein-Main-Gebiet. In ihrer Freizeit ist sie ehrenamtlich als Trainerin im Kinderturnen und als qualifizierte Mitarbeiterin Kindergottesdienst in der örtlichen evangelischen Kirchengemeinde tätig.

Durch ihre Tätigkeiten verfügt die Autorin über ein fundiertes Wissen über die kindliche Entwicklung und die Lebenswelt von Kindern. Sie bildet sich regelmäßig zu den verschiedensten Themen fort, liest Fachliteratur und ist in regem Austausch mit Experten.

Kontakt zu der Autorin:
AutorinPetraBaier@gmx.de

Diese Werke der Autorin erscheinen in Kürze im TWENTYSIX Verlag:

Turbulentes Erwachsenwerden
Das Nachschlagewerk für alle, die ein Kind begleiten, vom ersten Schultag bis zur ersten eigenen Wohnung und darüber hinaus.
Veröffentlichung voraussichtlich Herbst 2022

Große Kunst von kleinen Leuten
Ein Bastelbuch für die Jüngsten
Veröffentlichung voraussichtlich 2023

Ratgeber von Petra Baier:

Turbulente Kleinkindzeit

Das Nachschlagewerk für alle, die sich um ein Kind kümmern, vom ersten Schritt bis zum ersten Schultag

TWENTYSIX

ISBN: 978-3-74078-069-2
419 Seiten
Preis: 16,99 €

Turbulente Babyzeit

Das Nachschlagewerk für alle, die sich um ein Baby kümmern, vom ersten Atemzug bis zum ersten Schritt

TWENTYSIX

ISBN: 978-3-74078-546-8
376 Seiten
Preis: 16,99 €